且让我们在卑湿污浊的人间，开出柔软清净的智慧之莲吧！

相识的时候是花结成蕾，相爱的时候是繁花盛开，离别之际是花朵落在微风抖颤的黑夜。

唯有清明的心，才能体验到什么是真实的美。

///

　　假若说，人心的价值是一滴水，万物存在的价值是一片广大的海洋，那么唯有发现心里一滴水的人，才能体会海洋也是一滴水的汇集与映现。

///

　　我想，每个人都应该回到自我，先来耕自己的心田，播种信心、开发智慧、精进努力，追求真实的自我、拔除妄念的杂草，这样才能不愧于天地的养育，坦然地前进哪！

生命的历程就像是写在水上的字，顺流而下，想回头寻找的时候总是失去了痕迹。

在这个世界上，我们不能完全不依赖别人而独自活存，因此必须怀着宽容与感恩的心情。

///

　　最好的是，在孤单与寂寞的时候，自己也能品味出那清醒明净的滋味，有时能有一些记忆

和相思牵系，才是最幸福的事。

///

谦卑的心是宛如野草小花的心，不取笑外面的世界，也不在意世界的嘲讽。

如果内心的蝴蝶从未苏醒，枯叶蝶的一生，也只不过是一片无言的枯叶。

白鹭立雪，愚人看鹭，聪者观雪，智者见白。

///

如果心水是澄净的，那么就日日是好日，夜夜是清宵。

心若从容，无所畏惧

林清玄 ＼ 著

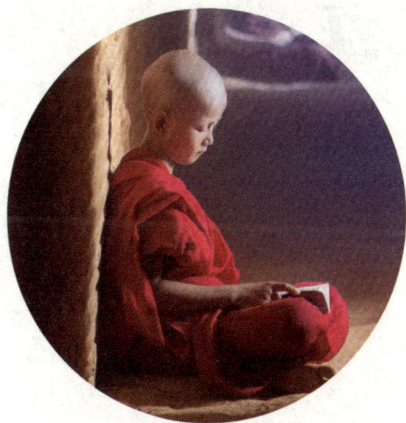

中国出版集团

现代出版社

目 录

生活在风涛泪浪里的我们，

要做到不畏人言人笑，

确实是非常不易，

那是因为我们在人我对应的生活中寻找依赖，

另一方面则又在依赖中寻找自尊，

偏偏，

「依赖」与「自尊」又充满了挣扎与矛盾，

使我们不能彻底地有人格的统一。

白雪少年

　　我小学时代使用的一本"国语字典"，被母亲细心地保存了几十年，最近才从母亲的红木书柜里找到。那本字典被小时候粗心的手指扯了许多页，大概是拿去折纸船或飞机了，现在怎么回想都记不起来，由于有那样的残缺，更使我感觉到一种任性的温暖。更惊奇地发现是，在翻阅这本字典时，找到一张已经变了颜色的"白雪公主泡泡糖"的包装纸，那是一张长条的鲜黄色纸，上面用细线印了一个白雪公主的面相，如今看起来，公主的图样已经有一点粗糙简陋了。至于如何会将白雪公主泡泡糖的包装纸夹在字典里，更是无从回忆。到底是在上"国语课"时偷偷吃泡泡糖夹进去的，还是有意保存了这张包装纸呢？翻遍"国语字典"也找不到答案。记忆仿佛自时空遁去，了无痕迹了。唯一记得的倒是那一种旧时乡间十分流行的泡泡糖，是粉红色长方形十分粗大的一块，一块五毛钱。对于长在乡间的孩子，那时的五毛钱非常"昂贵"，是两天的零用钱，常常要咬紧牙根才买得起一块，一嚼就是一整天，吃饭的时候把它吐在玻璃纸上包起，等吃过饭再放到口里嚼。父亲看到我们那么不舍得一块泡泡糖，常生气地说："那泡泡糖是用自行车坏掉的轮胎做成的，还嚼得那么带劲儿！"记得我还傻气地问过父亲："是用自行车轮胎做的？怪不得那么贵！"惹得全家人笑得喷饭。

说是"白雪公主泡泡糖"，应该是可以吹出很大气泡的，却不尽然。吃那泡泡糖多少靠运气，记得能吹出气泡的大概五块里才有一块，许多是硬到吹弹不动，更多的是嚼起来不能结成固体，弄得一嘴糖沫，赶紧吐掉，坐着伤心半天。我手里的这一张可能是一块能吹出大气泡的泡泡糖包装纸，否则怎么会小心翼翼地夹起来做纪念呢？我小时候并不是那种很乖的孩子，常常为要不到两毛钱的零用就赖在地上打滚，然后一边打滚一边偷看母亲的脸色，直到母亲被我搞烦了，拿到零用钱，我才欢天喜地地跑到街上去，或者就这样去买了一个"白雪公主"，然后就嚼到天黑。长大以后，再也没有在店里看到过"白雪公主泡泡糖"，都是细致而包装精美的一片一片的"口香糖"；每一片都能嚼成形，每一片都能吹出气泡，反而没有像幼年一样能体会到买泡泡糖靠运气的心情。偶尔看到口香糖，还会想起童年，想起嚼"白雪公主"的滋味，但也总是一闪即逝，了无踪迹。直到看到"国语字典"中的包装纸，才坐下来很认真地想起"白雪公主泡泡糖"的种种。如果现在还有那样的工厂，恐怕不再是用自行车轮胎制造，可能是用飞机轮子了——我这样游戏地想着。那一本母亲珍藏十几年的"国语字典"，薄薄的一本，里面缺页的缺页、涂抹的涂抹，对我已毫无用处，只剩下纪念的价值。那一张泡泡糖的包装纸，整整齐齐，毫无损毁，却珍藏了一段十分快乐的记忆，使我想起真如白雪一样无瑕的少年岁月，因为它那样白那样纯洁，几乎所有的事物都可以涵容。

那些岁月虽在我们的流年中消逝，但借着非常非常微小的事物，往往一勾就是一大片，仿佛是草原里的小红花，先是看到了那朵红花，然后发现了一整片大草原，红花可能凋落，而草原却成为一个大的背景，我们就在那背景里成长起来。那朵红花不只是"白雪公主泡泡糖"，可能是深夜里巷底按摩人的悠长的笛声，可能是收破铜烂铁老人沙哑的叫声，也可能是夏天里卖冰激凌小贩的喇叭声……有一回我重读小学时看过的《少年维特之烦恼》，书里就曾夹着用歪扭字体写成的纸片，只有七个字："多么可怜的维特！"其实当时我哪里知道歌德，只是那七个字，让我童年伏案的身影整个显露出来，那身影可能和维特是一样纯情的。有时候我不免后悔童年留下的资料太少，常想："早知道，我不会把所有的笔记簿卖给收破烂的老人。"可是如果早知道，我就不是纯净如白雪的少年，而是一个多虑的少年了。那么丰富的资料原也不宜留录下来，只宜在记忆里沉潜，在雪泥中找到鸿爪，或者从鸿爪中体会那一片雪。这样想时，我就特别感恩母亲。因为在我无知的岁月里，她比我更珍视我所拥有过的童年，在她的照相簿里，甚至还有我穿开裆裤的照片。那时的我，只有父母有记忆，对我是完全茫然了，就像我虽拥有"白雪公主泡泡糖"的包装纸，那块糖已完全消失，只留下一点甜意——那甜意竟也有赖母亲爱的保存。

吾心似秋月

白云守端禅师有一次与师父杨岐方会禅师对坐，杨岐问道："听说你从前的师父茶陵郁和尚大悟时说了一首偈，你还记得吗？"

"记得，记得，那首偈是'我有明珠一颗，久被尘劳关锁；今朝尘尽光生，照破山河万朵。'"白云毕恭毕敬地说，不免有些得意。

杨岐听了，大笑数声，一言不发地走了。

白云怔坐在当场，不知道师父听了自己的偈为什么大笑，心里非常愁闷，整天都思索着师父的笑，找不出任何足以令师父大笑的原因。那天晚上他辗转反侧，无法成眠，苦苦地参了一夜。第二天实在忍不住了，大清早就去请教师父："师父听到郁和尚的偈为什么大笑呢？"

杨岐禅师笑得更开心，对着眼眶因失眠而发黑的弟子说："原来你还比不上一个小丑，小丑不怕人笑，你却怕人笑！"白云听了，豁然开悟。

这真是个幽默的公案，参禅寻求自悟的禅师把自己的心思寄托在别人的一言一行，因为别人的一言一行而苦恼，真的还不如小丑能笑骂由他，言行自在，那么了生脱死，见性成佛，哪里可以得致呢？

杨岐方会禅师在追随石霜慈明禅师时，也和白云遭遇了同样的问题，有一次他在山路上遇见石霜，故意挡住去路，问说："狭路相逢时如何？"石霜说："你且躲避，我要去那里去！"

又有一次，石霜上堂的时候，杨岐问道："幽鸟语喃喃，辞云入乱时如何？"石霜回答说："我行荒草里，汝又入深村。"

这些无不都在说明，禅心的体悟是绝对自我的，即使亲如师徒父子也无法同行。就好像人人家里都有宝藏。师父只能指出宝藏的珍贵，却无法把宝藏赠予。杨岐禅师曾留下禅语："心是根，法是尘，两种犹如镜上痕，痕垢尽时光始现，心法双亡性即真。"人人都有一面镜子，镜子与镜子间虽可互相照映，却是不能取代的。若把自己的喜怒哀乐寄托在别人的喜怒哀乐上，就是永远在镜上抹痕，找不到光明落脚的地方。

在实际的人生里也是如此，我们常常会因为别人的一个眼神、一句笑谈、一个动作而心不自安，甚至茶饭不思、睡不安枕；其实，这些眼神、笑谈、动作在很多时候都是没有意义的，我们之所以心为之动乱，只是由于我们在乎。万一双方都在乎，就会造成"狭路相逢"的局面了。

生活在风涛泪浪里的我们，要做到不畏人言人笑，确实是非常不易，那是因为我们在人我对应的生活中寻找依赖，另一方面则又在依赖中寻找自尊，偏偏，"依赖"与"自尊"又充满了挣扎与矛盾，使我们不能彻底地有人格的统一。

我们时常在报纸的社会版上看到，或甚至在生活周遭的亲朋中遇见，许多自虐、自残、自杀的人，理由往往是："我伤害自己，是为了让他痛苦一辈子。"这个简单的理由造成了许多人间的悲剧。然而更大的悲剧是，当我们自残的时候，那个"他"还是活得很好，即使真能使他痛苦，他的痛苦也会在时空中抚平，反而我们自残的伤痕一生一世也抹不掉。纵然情况完全合乎我们的预测，真使"他"一辈子痛苦，又于事何补呢？

可见，"我伤害自己，是为了让他痛苦一辈子"是多么天真无知的想法，因为别人的痛苦或快乐是由别人主宰，而不是由我主宰，为让别人痛苦而自我伤害，往往不一定使别人痛苦，却一定使自己落入不可自拔的深渊。反之，我的苦乐也应由我做主，若由别人主宰我的苦乐，那就蒙昧了心里的镜子，有如一个陀螺，因别人的绳索而转，转到力尽而止，如何对生命有智慧的观照呢？

认识自我、回归自我、反观自我、主掌自我，就成为智慧开启最重要的事。

小丑由于认识自我，不畏人笑，故能悲喜自在；成功者由于回归自我，可以不怕受伤，反败为胜；禅师由于反观自我如空明之镜，可以不染烟尘，直观世界。认识、回归、反观自我都是通向自己做主人的方法。

但自我的认识、回归、反观不是高傲的，也不是唯我独尊的，而应该有包容的心与从容的生活。包容的心是知道即使没有我，世界一样会继续运行，时空也不会有一刻中断，这样可以让人谦卑。从容的生活是知道即使我再紧张、再迅速，也无法使地球停止一秒，那么何不以从容的态度来面对世界呢？唯有从容的生活才能让人自重。

佛教的经典与禅师的体悟，时常把心的状态称为"心水"，或"明镜"，这有甚深微妙之意，但"包容的心"与"从容的生活"庶几近之，包容的心不是柔软如心水，从容的生活不是清明如镜吗？

水，可以用任何状态存在于世界，不管它被装在任何容器，都会与容器处于和谐统一，但它不会因容器是方的就变成方的，它无须争辩，却永远不损伤自己的本质，永远可以回归到无碍的状态。心若能持平清净如水，装在圆的或方的容器，甚至在溪河大海之中，又有什么损伤呢？

水可以包容一切，也可以被一切包容，因为水性永远不贰。

但如水的心，要保持在温暖的状态才可起用，心若寒冷，则结成冰，可以割裂皮肉，甚至冻结世界。心若燥热，则化成烟气消逝，不能再觅，甚至烫伤自己，燃烧世界。

如水的心也要保持在清净与平和的状态才能有益，若化为大洪、巨瀑、狂浪，则会在汹涌中迷失自我，乃至伤害世界。

我们在现实生活中所以会遭遇苦痛，正是无法认识心的实相，无法恒久保持温暖与平静，我们被炽烈的情绪燃烧时，就化成贪婪、嗔恨、愚痴的烟气，看不见自己的方向；我们被冷酷的情感冻结时，就凝成傲慢、怀疑、自怜的冰块，不能用来洗涤受伤的创口了。

禅的伟大正在这里，它不否定现实的一切冰冻、燃烧、澎湃，而是开启我们的本质，教导我们认识心水的实相，心水的如如之状，并保持这"第一义"的本质，不因现实的寒冷、人生的热恼、生活的波动，而忘失自我的温暖与清净。

镜，也是一样的。

一面清明的镜子，不论是最美丽的玫瑰花或最丑陋的屎尿，都会显出清楚明确的样貌；不论是悠忽缥缈的白云或平静恒久的绿野，也都能自在扮演它的状态。

可是，如果镜子脏了，它照出的一切都是脏的，一旦镜子破碎了，它就完全失去觉照的功能。肮脏的镜子就好像品格低劣的人，所见到的世界都与他一样卑劣；破碎的镜子就如同心性狂乱的疯子，他见到的世界因自己的分裂而无法起用了。

禅的伟大也在这里，它并不教导我们把屎尿看成玫瑰花，而是教我们把屎尿看成屎尿，玫瑰看成玫瑰；它既不否定卑劣的人格，也不排斥狂乱的身心，而是教导卑劣者擦拭自我的尘埃，转成清明，以及指引狂乱者回归自我，有完整的观照。

水与镜子是相似的东西，平静的水有镜子的功能，清明的镜子与水一样晶莹，水中之月与镜中之月不是同样的月之幻影吗？

禅心其实就在告诉我们，人间的一切喜乐我们要看清，生命的苦难我们也该承受，因为在终极之境，喜乐是映在镜中的微笑，苦难是水面偶尔飞过的鸟影。流过空中的鸟影令人怅然，镜里的笑痕令人回味，却只是偶然的一次投影啊！

唐朝的光宅慧忠禅师，因为修行甚深微妙，被唐肃宗迎入京都，待以师礼，朝野都尊敬为国师。

有一天，当朝的大臣鱼朝恩来拜见国师，问曰："何者是无明，无明从何时起？"

慧忠国师不客气地说："佛法衰相今现，奴也解问佛法！"（佛法快要衰败了，像你这样的人也懂得问佛法！）

鱼朝恩从未受过这样的屈辱，立刻勃然变色，正要发作，国师说："此是无明，无明从此起。"（这就是蒙蔽心性的无明，心性的蒙蔽就是这样开始的。）

鱼朝恩当即有省，从此对慧忠国师更为钦敬。

正是如此，任何一个外在因缘而使我们波动都是无明，如果能止息外在所带来的内心波动，则无明即止，心也就清明了。

大慧宗杲禅师也有一个类似的故事，有一天，一位将军来拜见他，对他说："等我回家把习气除尽了，再来随师父出家参禅。"

大慧禅师一言不发，只是微笑。

过了几天，将军果然又来拜见，说："师父，我已经除去习气，要来出家参禅了。"

大慧禅师说："缘何起得早，妻与他人眠。"（你怎么起得这么早，让妻子在家里和别人睡觉呢？）

将军大怒："何方僧秃子，焉敢乱开言！"

禅师大笑，说："你要出家参禅，还早呢！"

可见要做到真心体寂，哀乐不动，不为外境言语流转迁动是多么不易。

我们被外境的迁动就有如对着空中撒网，必然是空手而出，空手而回，只是感到人间徒然，空叹人心不古，世态炎凉罢了。禅师，以及他们留下的经典，都告诉我们本然的真性如澄水、如明镜、如月亮，我们几时见过大海被责骂而还口，明镜被称赞而欢喜，月亮被歌颂而改变呢？大海若能为人所动，就不会如此辽阔；明镜若能被人刺激，就不会这样干净；月亮若能随人而转，就不会那样温柔遍照了。

两袖一甩，清风明月；仰天一笑，快意平生；布履一双，山河自在；我有明珠一颗，照破山河万朵……这些都是禅师的境界，我们虽不能至，心向往之，如果可以在生活中多留一些自己给自己，不要千丝万缕地被别人牵动，在觉性明朗的那一刻，或也能看见般若之花的开放。

历代禅师中最不修边幅，不在意别人眼目的就是寒山、拾得，寒山有一首诗说：

> 吾心似秋月，
>
> 碧潭清皎洁；

无物堪比伦，

更与何人说！

明月为云所遮，我知明月犹在云层深处；碧潭在无声的黑夜中虽不能见，我知潭水仍清。那是由于我知道明月与碧潭平常的样子，在心的清明也是如此。

可叹的是，我要用什么语言才说得清楚呢？寒山大师在很久很久以前就有这样清澈动人的叹息了！

在梦的远方

　　有时候回想起来，我母亲对我们的期待，并不像父亲那样明显而长远。小时候我的身体差、毛病多，母亲对我的期望大概只有一个，就是祈求我的健康，为了让我平安长大，母亲常背着我走很远的路去看医生，所以我童年时代对母亲留下的第一印象，就是趴在她的背上，去看医生。

　　我不只是身体差，还常常发生意外，三岁的时候，我偷喝汽水，没想到汽水瓶里装的是"番仔油"（夜里点灯用的臭油），喝了一口顿时两眼翻白，口吐白沫，昏死过去了。母亲立即抱着我以百米冲刺的速度到街上去找医生。那天是大年初二，医生全休假了，母亲急得满眼泪，却毫无办法。

　　"好不容易在最后一家医馆找到医生，他打了两个生鸡蛋给你吞下去，又有了呼吸，眼睛也睁开了，直到你睁开眼睛，我也在医院昏了过去。"

母亲一直到现在，每次提到我喝番仔油，还心有余悸，好像捡回一个儿子。听说那一天她为了抱我看医生，跑了将近十千米。

四岁那一年，我从桌子上跳下时跌倒，撞到母亲的缝纫机铁脚，后脑壳整个撞裂了，母亲正在厨房里煮饭。我自己挣扎着站起来叫母亲，母亲从厨房跑出来。

"那时，你从头到脚全身是血，我看到第一眼，浮起心头的一个念头是：这个囡仔无救了。幸好你爸爸在家，坐他的自行车去医院，我抱你坐在后座，一手捏住脖子上的血管，到医院时我也全身是血，立即推进手术房，推出来时你叫了一声妈妈，呀！呀！我的囡仔活了，我的囡仔回来了……我那时才感动得流下泪来。"母亲说这段时，喜欢把我的头发撩起，看我的耳后，那里有一道二十厘米长的疤痕，像蜈蚣盘踞着。听说我摔了那一次后，聪明了不少。

由于我体弱，母亲只要听到什么补药或草药吃了可以使孩子身体好，就会不远千里去求药方，抓药来给我补身体。可能是补得太厉害，我六岁的时候竟得了疝气，时常痛得在地上打滚，哭得死去活来。

"那一阵子，只要听说哪里有先生、有好药，都要跑去看，足足看了两年，什么医生都看过了，什么药都吃了，就是好不了。有一天你爸爸的一个朋友来，说开刀可以治疝气，虽然我们对西医没信心，还是送去开刀了，开一刀，一个星期就好了。早知道这样，两年前就送你去开刀，不必吃那么多的苦。"母亲说吃那么多的苦，当然是指我而言，因为她们那时代的妈妈，从来不会想到自己的苦。

过了一年，我的大弟得小儿麻痹，一星期就过世了，这对母亲是个沉重的打击。由于我和大弟年龄最近，她差不多把所有的爱都转到我的身上，对我的照顾可以说是无微不至，并且在那几年，对我特别溺爱。

例如，那时候家里穷，吃鸡蛋不像现在的小孩儿可以吃一个，而是一个鸡蛋要切成"四洲"（就是四片）。母亲切白煮鸡蛋有特别的方法，她不用刀子，而是用车衣服的白棉线，往往可以切到四片同样大，然后像宝贝一样分给我们。每次吃鸡蛋，她常背地里多给我一片。有时候很不容易吃苹果，一个苹果切十二片，她也会给我两片。如果有斩鸡，她总会留一碗鸡汤给我。

可能是母亲的照顾周到，我的身体竟然奇迹似的好起来，变得非常健康，常常两三年都不生病，功课也变得十分好，很少考到第二名。我母亲常说："你小时候考了第二名，自己就跑到香蕉园躲起来哭，要哭到天黑才回家，真是死脑筋，第二名不是很好了吗？"

但身体好、功课好，母亲并不是就没有烦恼，那时我个性古怪，很少和别的小朋友玩在一起，都是自己一个人玩，有时自己玩一整天，自言自语。即使是玩杀刀，也时常一人扮两角，一正一邪互相对打，而且常常不小心让匪徒打败了警察，然后自己蹲在田岸上哭。幸好那时候心理医生没有现在发达，否则我一定早被送去了。

"那时庄稼囡仔很少像你这样独来独往的，满脑子不知在想什么，有一次我看你坐在田岸上发呆，我就坐在后面看你，那样看了一下午。后来我忍不住流泪，心想：这个孤怪囡仔，长大后不知要给我们变出个什么来，就是这个念头也让我伤心不已。后来天黑，你从外面回来，我问你：'你一个人坐在田岸上想什么？'你说：'我在等煮饭花开，等到花开我就回来了。'这真是奇怪，我养一手孩子，从来没有一个坐着等花开的。"母亲回忆着我童年的一个片段，煮饭花就是紫茉莉，总是在黄昏时盛开，我第一次听到它是黄昏开时不相信，就坐一下午等它开。

不过，母亲的担心没有持续太久，因为不久有一个江湖术士到我们镇上，母亲先拿大弟的八字给他排，他一排完就说："这个孩子已经不在世上了，可惜是个大富大贵的命，如果给一个有权势的人做儿子，就不会夭折了。"母亲听了大为佩服，就拿我的八字去算，算命的说："这孩子小时候有点怪，不过，长大会做官，至少做到'省议员'。"母亲听了大为安心，当时在乡下做个"省议员"是很了不起的事，从此她对我的古怪不再介意，遇到有人对她说我个性怪异，她总是说："小时候怪一点没什么要紧。"

偏偏在这个时候，我恢复了正常，小学五六年级我交了好多好多朋友，每天和朋友混在一起，玩一般孩子的游戏，母亲反而担心："哎呀！这个孩子做官无望了。"

我十五岁就离家到外地读书了，母亲因为会晕车，很少到我住的学校看我，我们见面的机会就少了，她常说："出去好像丢掉，回来好像捡到。"但每次我回家，她总是唯恐我在外地受苦，拼命给我吃东西，然后把我的背包塞满东西。我有一次回到学校，打开背包，发现里面有我们家种的香蕉、枣子、一罐奶粉、一包人参、一袋肉松、一包她炒的面茶、一串她绑的粽子以及一罐她亲手腌渍的凤梨竹笋豆瓣酱……还有一些已经忘了。那时觉得东西多到可以开杂货店。

那时我住在学校，每次回家返回宿舍，和我住一起的同学都说是小过年，因为母亲给我准备的东西，我一个人根本吃不完。一直到现在，我母亲还是这样，我一回家，她就把什么东西都塞进我的包包里，就好像台北闹饥荒，什么都买不到一样。有一次我回到台北，发现包包特别重，打开一看，原来母亲在里面放了八罐汽水。我打电话给她，问她放那么多汽水做什么，她说："我要给你们在飞机上喝呀！"

高中毕业后，我离家愈来愈远，每次回家要出来搭车，母亲一定放下手边的工作，陪我去搭车，抢着帮我付车钱，仿佛我还是个三岁的孩子。车子要开的时候，母亲都会倚在车站的栏杆向我挥手，那时我总会看见她眼中有泪光，看了令人心碎。

要写我的母亲是写不完的，我们家五个兄弟姊妹，只有大哥侍奉母亲，其他的都高飞远扬了，但一想到母亲，好像她就站在我们身边。

这一世我觉得没有白来，因为会见了母亲，我如今想起母亲的种种因缘，也想到小时候她说的一个故事：

有两个朋友，一个叫阿呆，一个叫阿土，他们一起去旅行。

有一天来到海边，看到海中有一个岛，他们一起看着那座岛，因疲累而睡着了。夜里阿土做了一个梦，梦见对岸的岛上住了一位大富翁，在富翁的院子里有一株白茶花，白茶花树根下有一坛黄金，然后阿土的梦就醒了。

第二天，阿土把梦告诉阿呆，说完后叹一口气说："可惜只是个梦！"

阿呆听了信以为真，说："可不可以把你的梦卖给我？"阿土高兴极了，就把梦的权利卖给了阿呆。

阿呆买到梦以后就往那个岛上出发，阿土卖了梦就回家了。

到了岛上，阿呆发现那里果然住了一个大富翁，富翁的院子里果然种了许多茶树，他高兴极了，就留下来做富翁的用人，做了一年，只为了等待院子的茶花开。

第二年春天，茶花开了，可惜，所有的茶花都是红色的，没有一株是白茶花。阿呆就在富翁家住了下来，等待了一年又一年，许多年过去了，有一年春天，院子里终于开出一株白茶花。阿呆往白茶花树根掘下去，果然掘出一坛黄金。第二天他辞工回到故乡，成为故乡最富有的人。

卖了梦的阿土还是个穷光蛋。

这是一个日本童话，母亲常说："有很多梦是遥不可及的，但只要坚持，就可能实现。"她自己是个保守传统的乡村妇女，和一般乡村妇女没有两样，不过她鼓励我们要有梦想，并且懂得坚持，光是这一点，使我后来成为作家。作家可能没有做官好，但对母亲是个全新的体验，作为作家的母亲，她对乡人谈起我时，为我小时候的多灾多难、古灵精怪全找到了答案。

用岁月在莲上写诗

那天路过台南县白河镇，就像暑天里突然饮了一盅冰凉的蜜水，又凉又甜。

白河小镇是一个让人吃惊的地方，它是本省最大的莲花种植地，在小巷里走，在田野上闲逛，都会在转角处看到一田田又大又美的莲花。那些经过细心栽培的莲花竟好似是天然生成，在大地的好风好景里毫无愧色，夏日里格外有一种欣悦的气息。

我去的时候正好是莲子收成的季节，种莲的人家都忙碌起来了，大人小孩儿全到莲田里去采莲子，对于我们这些只看过莲花美姿就叹息的人，永远也不知道种莲的人家是用怎么样的辛苦在维护一池莲，使它开花结果。

"夕阳斜，晚风飘，大家来唱采莲谣。红花艳，白花娇，扑面香风暑气消。

你打桨，我撑篙，欸乃一声过小桥。船行快，歌声高，采得莲花乐陶陶。"我们童年唱过的《采莲谣》在白河好像一个梦境，因为种莲人家采的不是观赏的莲花，而是用来维持一家生活的莲子，莲田里也没有可以打桨撑篙的莲舫，而要一步一步踩在莲田的烂泥里。

采莲的时间是清晨太阳刚出来或者黄昏日头要落山的时分，一个个采莲人背起了竹篓，戴上了斗笠，踏入浅浅的泥巴里，把已经成熟的莲蓬一个个摘下来，放在竹篓里。

采回来的莲蓬先挖出里面的莲子，莲子外面有一层粗壳，要用小刀一粒一粒剥开，晶莹洁白的莲子就滚了一地。莲子剥好后，还要用细针把莲子里的莲心挑出来，这些靠的全是灵巧的手工，一粒也偷懒不得，所以全家老小都加入了工作。空的莲蓬可以卖给中药铺，还可以挂起来做装饰；洁白的莲子可以煮莲子汤，做许多可口的菜肴；苦的莲心则能煮苦茶，既降火又提神。

我在白河镇看采莲人工作了一天，不知道为什么总是觉得种莲的人就像莲子一样，表面上莲花是美的，莲田的景观是所有作物中最美丽的，可是他们工作的辛劳和莲心一样，是苦的。采莲的季节在端午节到九月的夏秋之交，等莲子采收完毕，接下来就要挖土里的莲藕了。

莲田其实是一片污泥，采莲的人要防备田里游来游去的吸血水蛭，莲花的梗则长满了刺。我看到每一位采莲人的裤子都被这些密刺划得千疮百孔，有时候还被划出一条条血痕，可见依靠美丽的莲花生活也不是简单的事。

小孩子把莲叶卷成杯状，捧着莲子在莲田埂上跑来跑去，才让我感知，再辛苦的收获也有快乐的一面。

莲花其实就是荷花，在还没有开花前叫"荷"，开花结果后就叫"莲"。

我总觉得两种名称有不同的意义：荷花的感觉是天真纯情，好像一个洁净无瑕的少女；莲花则是宝相庄严，仿佛是即将生产的少妇。荷花是宜于观赏的，是诗人和艺术家的朋友；莲花带了一点生活的辛酸，是种莲人生活的依靠。想起多年来我对莲花的无知，只喜欢在远远的高处看莲、想莲，却从来没有走进真正的莲花世界，看莲田背后生活的悲欢，不禁感到愧疚。

谁知道一朵莲蓬里的三十个莲子，是多少血汗的灌溉？谁知道夏日里一碗冰冻的莲子汤是农民多久的辛劳？

我陪着一位种莲的人在他的莲田逡巡，看他走在占地一甲（约14.5亩）的莲田边，娓娓向我诉说一朵莲要如何下种，如何灌溉，如何长大，如何采收，如何避过风灾。等待明年的收成时，觉得人世里一件最平凡的事物也许是我们永远难以知悉的，即使微小如莲子，都有一套生命的大学问。

我站在莲田上，看日光照射着莲田，想起"留得残荷听雨声"恐怕是莲民难以享受的境界，因为荷残的时候，他们又要下种了。田中的莲叶坐着结成一片，站着也叠成一片，在田里交缠不清。我们用一些空虚清灵的诗歌来歌颂莲叶荷田的美，永远也不及种莲的人用他们的岁月和血汗在莲叶上写诗吧！

幸福的开关

一直到现在，我每看到在街边喝汽水的孩童，总会多注视一眼。而每次走进超级市场，看到满墙满架的汽水、可乐、果汁饮料，心里则颇有感慨。

看到这些，总令我想起童年时代想要喝汽水而不可得的景况，在台湾初光复不久的那几年，乡间的农民虽不致饥寒交迫，但是想要三餐都吃饱似乎也不太可得，尤其是人口众多的家族，更不要说有什么零嘴饮料了。

我小时候对汽水有一种特别奇妙的向往，原因不在汽水有什么好喝，而是由于喝不到汽水。我们家是有几十口人的大家族，小孩儿依大排行就有十八个之多，记忆里东西仿佛永远不够吃，更别说是喝汽水了。

喝汽水的时机有三种，一种是喜庆宴会，一种是过年的年夜饭，一种是庙会节庆。即使有汽水，也总是不够喝，到要喝汽水时好像进行一个隆重的仪式，十八个杯子在桌上排成一列，依序各倒半杯，几乎喝一口就光了，然后大家舔舔嘴唇，觉得汽水的滋味真是鲜美。

有一回，我走在街上的时候，看到一个孩子喝饱了汽水，站在屋檐下嗳气，呕——长长的一声，我站在旁边简直看呆了，羡慕得要死掉，忍不住忧伤地自问道：什么时候我才能喝汽水喝到饱？什么时候才能喝汽水喝到呕气？因为到读小学的时候，我还没有尝过喝汽水喝到呕气的滋味，心想，能喝汽水喝到把气呕出来，不知道是何等幸福的事。

当时家里还点油灯，灯油就是煤油，闽南话称作"臭油"或"番仔油"。有一次我的母亲把臭油装在空的汽水瓶里，放置在桌脚旁，我趁大人不注意，一个箭步就把汽水瓶拿起来往嘴里灌，当场两眼翻白，口吐白沫，经过医生的急救才活转过来。为了喝汽水而差一点儿丧命，后来成为家里的笑谈，却并没有阻绝我对汽水的向往。

在小学三年级的时候，有一位堂兄快结婚了，我在他结婚的前一晚竟辗转反侧地失眠了，我躺在床上暗暗地发愿：明天一定要喝汽水喝到饱，至少喝到嗳气。

第二天我一直在庭院前窥探，看汽水来了没有。到上午九点多，看到杂货店的人送来几大箱的汽水，堆叠在一处，我飞也似的跑过去，提了两大瓶黑松汽水，就往茅房跑去。彼时农村的厕所都盖在远离住屋的几十米之外，有一个大粪坑，几星期才清理一次，我们小孩子平时是很恨进茅房的，卫生问题通常是就地解决，因为里面实在太臭了。但是那一天我早计划好要在里面喝汽水，那是家里唯一隐秘的地方。

我把茅房的门反锁，接着打开两瓶汽水，然后以一种虔诚的心情，把汽水咕嘟咕嘟地往嘴里灌，就像灌蟋蟀一样，一瓶汽水一会儿就喝光了，几乎一刻也不停地，我把第二瓶汽水也灌进腹中。

我的肚子整个胀起来，我安静地坐在茅房地板上，等待着嗳气，慢慢地，肚子有了动静，一股沛然莫之能御的气翻涌出来，呕——汽水的气从口鼻冒了出来，冒得我满眼都是泪水，我长长地叹了一口气："这个世界上再也没有比喝汽水喝到嗳气更幸福的事了吧！"然后朝圣一般打开茅房的木栓，走出来，发现阳光是那么温暖明亮，好像从天上回到了人间。

每一粒米都充满了幸福的香气

在茅房喝汽水的时候，我忘记了茅房的臭味，忘记了人间的烦恼，觉得自己是世界上最幸福的人，一直到今天我还记得那年叹息的情景，当我重复地说："这个世界上再也没有比喝汽水喝到嗳气更幸福的事了吧！"心里百感交集，眼泪忍不住就要落下来。

贫困的岁月里，人也能感受到某些深刻的幸福，像我常记得添一碗热腾腾的白饭，浇一匙猪油、一匙酱油，坐在"户定"（厅门的石阶）前细细品味猪油拌饭的芳香，那每一粒米都充满了幸福的香气。

有时候这种幸福不是来自食物。我记得当时我们镇上住了一位卖酱菜的老人，他每天下午的时候都会推着酱菜摊子在村落间穿梭。他沿路都摇着一串清脆的铃铛，在很远的地方就可以听见他的铃声。每次他走到我们家的时候，都在夕阳落下之际，我一听见他的铃声跑出来，就看见他浑身都浴在黄昏柔美的霞光中，那个画面、那串铃声，使我感到一种难言的幸福，好像把人心灵深处的美感全唤醒了。

有时幸福来自于自由自在地在田园中徜徉了一个下午。

有时幸福来自于看到萝卜田里留下来做种的萝卜，开出一片宝蓝色的花。

有时幸福来自于家里的大狗突然生出一窝颜色都不一样的、毛茸茸的小狗。

生命的幸福原来不在于人的环境、人的地位、人所能享受的物质，而在于人的心灵如何与生活对应。因此，幸福不是由外在事物决定的，贫困者有贫困者的幸福，富有者有富有者的幸福，位尊权贵者有其幸福，身份卑微者也有其幸福。在生命里，人人都是有笑有泪；在生活中，人人都有幸福与忧烦，这是人间世界真实的相貌。

从前，我在乡间城市穿梭做报道访问的时候，常能深刻地感受到这一点。坐在夜市喝甩头仔米酒配猪头肉的人，他感受到的幸福往往不逊于坐在大饭店里喝 XO 的富豪。蹲在寺庙门口喝一斤二十元粗茶的农夫，他得到的快乐也不逊于喝冠军茶的人。围在甘蔗园呼幺喝六，输赢只有几百元的百姓，他得到的刺激绝对不输于在梭哈台上输赢几百万元的豪华赌徒。

这个世界原来就是个相对的世界，而不是绝对的世界，因此幸福也是相对的，不是绝对的。

由于世界是相对的，使得到处都充满缺憾，充满了无奈与无言的时刻。但也由于相对的世界，使得我们不论处在任何景况，都还有幸福的可能，能在绝壁之处也见到缝隙中的阳光。

我们幸福的感受不全然是世界所给予的，而是来自我们对外在或内在的价值判断，我们幸福与否，正是由自我的价值观来决定的。

以直观来面对世界

如果，我们没有预设的价值观呢？如果，我们可以随环境调整自己的价值判断呢？

就像一个不知道金钱、物质为何物的孩子，他得到一千元的玩具与十元的玩具，都能感受到一样的幸福。这是他没有预设的价值观，能以直观来面对世界，世界也因此以幸福来面对他。

就像我们收到陌生者送的贵重礼物，给我们的幸福感还不如知心朋友寄来的一张卡片。这是我们随环境来调整自己的判断，能透视物质包装内的心灵世界，幸福也因此来面对我们的心灵。

所以，幸福的开关有两个，一个是直观，一个是心灵的品味。

这两者不是来自远方，而是由生活的体会得到的。

什么是直观呢？

有源律师问大珠慧海禅师："和尚修道，还用功否？"

大珠："用功。"

"如何用功？"

"饿来吃饭，困来眠。"

"一切人总如同师用功否？"

"不同！"

"何故不同？"

"他吃饭时不肯吃饭，百种须索；睡时不肯睡，千般计较，所以不同也。"

好好地吃饭，好好地睡觉就是最大幸福、最深远的修行，这是多么伟大的直观！在禅师的语录里有许多这样的直观，都是在教导启示我们找到幸福的开关，例如：

百丈怀海说："如今对五欲八风，情无取舍，垢净俱亡，如日月在空，不缘而照；心如木石，亦如香象截流而过，更无滞碍，此入天堂地狱不能摄也。"

庞蕴居士说："神通并妙用，运水与搬柴。""好雪片片，不落别处。"

沩山灵祐说："一切时中，视听寻常，更无委屈，亦不闭眼塞耳，但情不附物，即得。……譬如秋水澄清，清静无为，澹汀无碍，唤他作道人，亦名无事之人。"

黄檗希运："凡人多不肯空心，恐落空。不知自心本空，愚人除事不除心，智者除心不除事。""终日吃饭，未曾咬着一粒米；终日行，未曾踏着一片地。与么时，无人我等相，终日不离一切事，不被诸境惑，方名自在人。"

在禅师的话语中，我们在处处都看见了一个人如何透过直观，找到自心的安顿、超越的幸福。若要我说世间的修行人所为何事？我可以如是回答："是在开发人生最究竟的幸福。"这一点禅宗四祖道信早就说过了，他说："快乐无忧，故名为佛！"读到这么简单的句子使人心弦震荡，久久还绕梁不止，这不是人间最大的幸福吗？

只是在生命的起落之间，要人永远保有"快乐无忧"的心境是何其不易，那是远远超过了凡尘的青山与溪河的胸怀。因此另一个开关就显得更平易了，就是心灵的品位，仔细地体会生活环节的真义。

垂丝千尺，意在深潭

现代诗人周梦蝶，他吃饭很慢很慢，有时吃一顿饭要两个多小时，有一次我问他："你吃饭为什么那么慢呢？"

他说："如果我不这样吃，怎么知道这一粒米与下一粒米的滋味有什么不同？"

我从前不知道他何以能写出那样清新空灵、细致无比的诗歌，听到这个回答时，我完全懂了，那是来自心灵细腻的品位，有如百千明镜鉴像，光影相照，使人们看见了幸福原是生活中的花草，粗心的人践花而过，细心的人怜香惜玉罢了。

这正是黄龙慧南说的："高高山上云，自卷自舒何亲何疏；深深涧底水，遇曲遇直无彼无此。众生日用如云水，云水如然人不尔。若得尔，三界轮回何处起？"

也是克勤圆悟说的："三百六十骨节，一一现无边妙身；八万四千毛端，头头彰宝王刹海。不是神通妙用，亦非法尔如然，苟能千眼顿开，直是十方坐断！"

众生在生活里的事物就像云水一样，云水如此，只是人不能自卷自舒、遇曲遇直，都保持幸福之状。保持幸福不是什么神通，只看人能不能千眼顿开，有一个截然的面对。

"垂丝千尺，意在深潭。"我们若想得到心灵真实的归依处，使幸福有如电灯开关，随时打开，就非时时把品味的丝线放到千尺以上不可。

人间的困厄横逆固然可畏，但人在困厄横逆之际，没有自处之道，不能找到幸福的开关才是最可怕的。因为这世界的困境牢笼不光为某一个人打造，人人皆然，为什么有的人幸福，有的人不幸，实在值得深思。

我有一位朋友，是一家大公司的经理，有一天，我约他去吃番薯稀饭，他断然拒绝了。

他说："我从小就是吃番薯稀饭长大的，十八岁那一年我坐火车离开彰化家乡，在北上的火车上就对天发誓：这一辈子我宁可饿死，也不会再吃番薯稀饭了。"

我听了怔在当地，就这样，他二十年没有吃过一口番薯，也许是这样决绝的志气与誓愿，使他步步高升，成为许多人欣羡的成功者。不过，他的回答真是令我惊心，因为在贫困岁月抚养我们成长的番薯是无罪的呀！

当天夜里，我独自去吃番薯稀饭，觉得这被视为卑贱象征的地瓜，仍然滋味无穷。我也是吃番薯稀饭长大的，但不管何时何地吃它，总觉得很好，充满了感恩与幸福。

走出小店，仰望夜空的明星，我听到自己步行在暗巷中清晰而渺远的足音，仿佛是自己走在空谷之中，我知道，我们走过的每一步不一定是完美的，但每一步都有值得深思的意义。

只是，空谷足音，谁愿意驻足聆听呢？

岁月的灯火都睡了

前些日子在香港，朋友带我去游维多利亚公园，我们黄昏的时候坐缆车到维多利亚山上（香港人称为太平山）。这个公园在香港生活是一个异数，香港的万丈红尘声色犬马看了叫人头昏眼花，只有维多利亚山还保留了一点绿色的优雅的情趣。

我很喜欢上公园的铁轨缆车，在陡峭的山势上硬是开出一条路来，缆车很小，大概可以挤四十个人，缆车司机很悠闲地吹着口哨，使我想起小时候常常坐的运甘蔗的台糖小火车。

不同的是，台糖小火车恰恰碰碰，声音十分吵人，路过处又都是平畴绿野，铁轨平平地穿过原野。维多利亚山的缆车却是无声，它安静地前行，山和屋舍纷纷往我们背后退去，一下子间，香港——甚至九龙——都已经远远地抛在脚下了。

有趣的是，缆车道上奇峰突起，根本不知道下一刻会有什么样的视野，有时候视野平朗了，你以为下一站可以看得更远，下一站有时被一株大树挡住了，有时又遇到一座卅层高的大厦横生面前。一留心，才发现山上原来也不是什么蓬莱仙山，高楼大厦古堡别墅林立，香港的拥挤在这个山上也可以想见了。

　　缆车站是依山而建，缆车半路上停下来，就像倒吊悬挂着一般，抬头固不见顶，回首也看不到起站的地方，我们便悬在山腰上，等待缆车司机慢慢启动。终于抵达了山顶，白云浓得要滴出水来，夕阳正悬在山的高处，这时看香港因为隔着山树，竟看出来一点都市的美了。

　　香港真是小，绕着维多利亚公园走一圈已经一览无余，右侧由人群和高楼堆积起来的香港、九龙闹区，正像积木一样，一块连着一块，像一个梦幻的都城，你随便用手一推就会应声倒塌。左侧是海，归帆点点，岛与岛在天的远方。

　　香港商人的脑筋动得快，老早就在山顶上盖了大楼和汽车站：大楼叫"太平阁"，里面什么都有，书店、工艺品点、超级市场、西餐厅、茶楼等等，只是造型不甚调合。汽车站是绕着山上来的，想必比不上缆车那样有风情。

　　我们在"太平阁"吃晚餐，那是俯瞰香港最好的地势，我们坐着，眼看夕阳落进海的一方，并且看灯火在大楼的窗口一个个点燃，才一转眼，香港已经成为灯火辉煌的世界。我觉得，香港的白日是喧哗让人烦厌的，可是香港的夜景却是美得如同神话里的宫殿，尤其是隔着一脉山一汪水，它显得那般安静，好像只是点了明亮的灯火，而人都安息了。

　　我说我喜欢香港的夜景。

　　朋友说："因为你隔得远，有距离的美，你想想看，如果你是那一点点光亮的窗子里的人，就不美了。"他想了一下说："你安静地注视那些灯，有的亮，有的暗，有的亮过又暗了，有的暗了又亮起来，真是有点像人生的际遇呢！"

我们便坐在维多利亚山上看香港九龙的两岸灯火。那样看人被关在小小的灯窗里，人真是十分渺小的，可是人多少年来的努力竟是把自己从山野田园的广阔天地上关进一个狭小的窗子里，这样想时，我对现代文明的功能不免生出一种迷惑的感觉。

朋友并且告诉我，香港人的墓地不是永久的，人死后八年便必须挖起来另葬他人，因为香港的人口实在太多了，多到必须和古人争寸土之地——这种人给人的挤迫感，只要走在香港街头看汹涌的人潮就体会深刻了。

我们就那样坐在山上看灯看到夜深，看到很多地区的灯灭去，但是另一地区的灯再亮起来——香港是一个不夜的城市。我们坐最后一班缆车下山。

下山的感觉也十分奇特，我们背着山势面对山尖，车子却是俯冲下山，山和铁轨于是顺着路一大片一大片露出来。我看不见车子前面的风景，却看见车子后面的风景一片一片地远去，本来短短的铁轨愈来愈长，终于长到看不见的远方，风从背后吹来，呼呼地响。

我想到，岁月就像那样，我们眼睁睁地看自己的往事在面前一点一点淡去，而我们的前景反而在背后一滴一滴淡出，我们不知道下一站在何处落脚，甚至不知道后面的视野怎么样，只能走一步算一步。

往事再好，也像一道柔美的伤口，它美得凄迷，却是每一段都是有伤口的。它最后连接成一条轨道，隐隐约约透露出一些规则来，社会和人不也是一样吗？成与败都是可以在过去找到一些讯息的。

我们到山下时，我抬头看维多利亚山，已经笼罩在月光之中，那一天，我在寄寓的香港酒店顶楼坐着，静静地沉默地俯望香港和九龙，一直到九龙尖沙咀的灯火和对岸香港天星码头的灯火，都在凌晨的薄雾中暗去，我想起自己过去所经验的一些往事，我真切地感受到，当岁月的灯火都睡去的时候，有些往事仍鲜明得如同在记忆的显影液中，我们看它浮现出来，但毕竟是过去了。

生命的化妆

我认识一位化妆师，她是真正懂得化妆，而又以化妆闻名的。

这生活在与我完全不同领域的人，使我增添了几分好奇，因为在我的印象里，化妆再有学问，也只是在皮相上用功，实在不是有智慧的人所应追求的。

因此，我忍不住问她"你研究化妆这么多年，到底什么样的人才算会化妆？化妆的最高境界到底是什么？"

对于这样的问题，这位年华已逐渐老去的化妆师露出一个深深的微笑，她说："化妆的最高境界可以用两个字形容，就是'自然'，最高明的化妆术，是经过非常考究的化妆，让人家看起来好像没有化过妆一样，并且这化出来的妆与主人的身份匹配，能自然表现那个人的个性与气质。次级的化妆是把人凸显出来，让她醒目，引起众人的注意。拙劣的化妆是一站出来别人就发现她化了很浓的妆，而这层妆是为了掩盖自己的缺点或年龄的。最坏的一种化妆，是化过妆以后扭曲了自己的个性，又失去了五官的协调，例如小眼睛的人竟化了浓眉，大脸蛋的人竟化了白脸，阔嘴的人竟化了红唇……"

没想到，化妆的最高境界竟是无妆，竟是自然，这可使我刮目相看了。

化妆师看我听得出神，继续说："这不就像你们写文章一样？拙劣的文章常常是词句的堆砌，扭曲了作者的个性。好一点的文章是光芒四射，吸引了人的视线，但别人知道你是在写文章。最好的文章，是作家自然地流露，他不堆砌，读的时候不觉得是在读文章，而是在读一个生命。"

"多么有智慧的人哪！可是，到底做化妆的人只是在表皮上做功夫呀！"我感叹地说。

"不对的。"化妆师说。

"化妆只是最末的一个枝节，它能改变的事实很少。深一层的化妆是改变体质，让一个人改变生活方式、睡眠充足、注意运动与营养，这样她的皮肤改善、精神充足，比化妆有效得多。再深一层的化妆是改变气质，多读书、多欣赏艺术、多思考、对生活乐观、对生命有信心、心地善良、关怀别人、自爱而有尊严，这样的人就是不化妆也丑不到哪里去，脸上的化妆只是化妆最后的一件小事。我用三句简单的话来说明，三流的化妆是脸上的化妆，二流的化妆是精神的化妆，一流的化妆是生命的化妆。"

化妆师接着做了这样的结论："你们写文章的人不也是化妆师吗？三流的文章是文字的化妆，二流的文章是精神的化妆，一流的文章是生命的化妆。这样，你懂化妆了吗？"

我为了这位女性化妆师的智慧而起立向她致敬，深为我最初对化妆师的观点感到惭愧。

告别了化妆师，回家的路上我走在夜黑的地表，有了这样深刻的体悟：这个世界一切的表象都不是独立自存的，一定有它深刻的内在意义，那么，改变表相最好的方法，不是在表相下功夫，一定要从内在里改革。

可惜，在表相上用功的人往往不明白这个道理。

温一壶月光下酒

逃　情

　　幼年时在老家西厢房,姐姐为我讲东坡词,有一回讲到《定风波》中"一蓑烟雨任平生"这个句子时让我吃了一惊,仿佛见到一个竹杖芒鞋的老人在江湖道上踽踽独行,身前身后都是烟雨弥漫,一条长路连到远天去。

　　"他为什么?"我问。

　　"他什么都不要了。"姐姐说,"所以到后来有'回首向来萧瑟处,归去,也无风雨也无晴'之句。"

　　"这样未免太寂寞了,他应该带一壶酒、一份爱、一腔热血。"

　　"在烟中腾云过了,在雨里行走过了,什么都过了,还能如何?所谓'来往烟波非定居,生涯蓑笠外无余',生命的事一经过了,再热烈也是平常。"

年纪稍长，才知道"竹杖芒鞋轻胜马，谁怕？一蓑烟雨任平生"的境界并不容易达致，因为生命中真是有不少不可逃不可抛的东西，名利倒还在其次；至少像一壶酒、一份爱、一腔热血都是不易逃的，尤其是情爱。

记得日本小说家武者小路实笃曾写过一个故事，传说有一个久米仙人，在尘世里颇为情苦，为了逃情，入山苦修成道，一天腾云游经某地，看见一个浣纱女足胫甚白。久米仙人为之目眩神驰、凡念顿生，飘忽之间，已经自云头跌下。可见逃情并不是苦修就可以得到的。

我觉得"逃情"必须是一时兴到、妙手偶得，如写诗一样，也和酒趣一样。狂吟浪醉之际，诗涌如浆，此时大可以用烈酒热冷梦，一时彻悟。倘若苦苦修炼，可能达到"好梦才成又断，春寒似有还无"的境界，离逃情尚远，因此一见到"乱头粗服，不掩国色"的浣纱女就坠落云头了。

前年冬天，我遭到情感的大创剧痛，曾避居花莲逃情，繁星冷月之际与和尚们谈起尘世的情爱之苦，谈到凄凉处连和尚都泪不能禁。如果有人问我："世间情是何物？"我会答曰："不可逃之物。"连冰冷的石头相碰都会撞出火来，每个石头中事实上都有火种，可见再冰冷的事物也有感性的质地，情何以逃呢？

情仿佛是一个大盆，再善游的鱼也不能游出盆中，人纵使能相忘于江湖，情却比江湖更大。

我想，逃情最有效的方法可能是更勇敢地去爱，因为情可以病，也可以治病；假如看遍了天下足胫，浣纱女再国色天香也无可奈何了。情者是堂堂巍巍，壁立千仞，从低处看是仰不见顶，自高处观是俯不见底，令人不寒而栗，但是如果在千仞上多走几遭，就没有那么可怖了。

理学家程明道曾与弟弟程伊川共同赴友人宴席，席间友人召妓共饮，伊川正襟危坐，目不斜视，明道则毫不在乎，照吃照饮。宴后，伊川责明道不恭谨，明道先生答曰："目中有妓，心中无妓！"这是何等洒脱的胸襟，正是"云月相同，溪山各异"，是凡人所不能致的境界。

说到逃情，不只是逃人世的情爱，有时候心中有挂也是情牵。有一回，暖香吹月时节与友在碧潭共醉，醉后扶上木兰舟，欲纵舟大饮，朋友说："也要楚天阔，也要大江流，也要望不见前后，才能对月再下酒。"死拒不饮，这就是心中有挂，即使挂的是楚天大江，终不能无虑，不能万情皆忘。

以前读《词苑丛谈》，其中有一段故事：

后周末，汴京有一石氏开茶坊，有一个乞丐来索饮，石氏的幼女敬而与之，如是者达一个月，有一天被父亲发现打了她一顿，她非但不退缩，反而供奉益谨。乞丐对女孩儿说："你愿喝我的残茶吗？"女嫌之，乞丐把茶倒一部分在地上，满室生异香，女孩儿于是喝掉剩下残茶，一喝便觉身轻体健。

乞丐对女孩儿说："我就是吕仙，你虽然没有缘分喝尽我的残茶，但我还是让你求一个愿望，女只求长寿，吕仙留下几句话："子午当餐日月精，元关门户启还扃。长似此，过平生，且把阴阳仔细烹。"遂飘然而去。

这个故事让我体察到万情皆忘，"且把阴阳仔细烹"实在是神仙的境界，石姓少女已是人间罕有，还是忘不了长寿，忘不了嫌恶，最后仍然落空，可见情不但不可逃，也不可求。

年岁越长，越觉得苏东坡"一蓑烟雨任平生""也无风雨也无晴"词意之不可得，想东坡也有"春色三分，二分尘土，一分流水。细看来，不是杨花,点点是离人泪"的情思;有"但愿人长久,千里共婵娟"的情愿;有"念故人老大,风流未减,空回首,烟波里"的情怨;也有"若待得君来向此,花前对酒不忍触。共粉泪,雨簌簌"的清冷,可见"一蓑烟雨任平生"只是他的向往。

情何以可逃呢?

煮　雪

传说在北极的人因为天寒地冻,一开口说话就结成冰雪,对方听不见,只好回家慢慢地烤来听……

这是个极度浪漫的传说,想是多情的南方人编出来的。

可是,我们假设说话结冰是真有其事,也是颇有困难的,试想:回家烤雪、煮雪的时候要用什么火呢?因为人的言谈是有情绪的,煮得太慢或太快都不足以表达说话者的情绪。

如果我生在北极,可能要为煮的问题烦恼半天,与性急的人交谈,回家要用大火煮烤;与性温的人交谈,回家要用文火。倘若与人吵架呢?回家一定要生个烈火,才能声闻当时毕毕剥剥的火爆声。

遇到谈情说爱的时候,回家就要仔细酿造当时的气氛,先用情诗情词裁冰,把它切成细细的碎片,加上一点酒来煮,那么,煮出来的话便能使人微醉。倘若情浓,则不可以用炉火,要用烛火再加一杯咖啡,才不会醉得太厉害,还能维持一丝清醒。

我似昔人，不是昔人

一

憨山大师有一年冬天读《肇论》，对里面僧肇大师谈到的"旋岚偃岳而常静，江河竞注而不流"感到十分疑惑，心思惘然。

又读到书里的一段：有一位梵志从幼年出家，一直到白发苍苍才回到家乡，邻居问梵志说："昔人犹在耶？"梵志说："吾似昔人，非昔人也。"憨山豁然了悟，说："信乎！诸法本无去来也！"

然后，他走下禅床礼佛，悟到无起动之相，揭开竹帘，站立在台阶上，忽然看见大风吹动庭院里的树，飞叶满空，却了无动相，他感慨地说："这就是旋岚偃岳而常静啊！"又看到河中流水，了无流相，说："此江河竞注而不流哇！"于是，去来生死的疑惑，从这时候起完全像冰雪融化一样，随手作了一首偈：

死生昼夜，水流花谢。

今日乃知，鼻孔向下。

二

我每一次想到憨山大师传记里的这一段，都会感动不已，它似乎在冥冥中解释了时空岁月的答案。

表面上看，山上的旋岚、飘叶、云飞，是非常热闹的，但是山的本身却是那么安静——河中的水奔流不停，但是河的本质并没有什么改变。人的生死，宇宙的昼夜，水的奔流，花果的飘零，都像是这样，是自然的进程罢了。

这就是为什么梵志白发回乡，对邻居说："我像是从前的梵志，却已经不是以前的梵志了。"

岁月在我们的身上，毫不留情地写下刻痕，在每一次揽镜自照的时候，都会慨然发现，我们的脸容苍老了，我们的白发增生了，我们的身材改变了，于是，不免要自问："这是我吗？"这就是从前那一位才华洋溢、青春飞扬、对人世与未来充满热切追求的我吗？

这是我，因为每一步改变的历程，我都如实地经历，还记得自己的十岁、二十岁、三十岁，一步一步地变迁。

这也不是我，因为不论在外貌、思想、语言都已经完全改变了。如果遇到三十年前的旧友，他可能完全不认得我，或许，我如果在街上遇见十岁时的自己，也会茫然地错身而过。

时空与我，在生命的历程上起着无限的变化，使我感到惘然。

那关于我的，到底是我呢？不是我吗？

三

有一次返乡，在我就读过的旗山小学大礼堂演讲，我的两个母校，旗山国民小学、旗山初中都派了学生来献花，说我是杰出的校友。

演讲完后，遇到了我的一些小学、中学的老师，简直不敢与他们相认，因为他们都老得不是原来的样子，当时我就想，他们一定也有同样的感慨吧！没想到从前那个从来不穿鞋上学的毛孩子，现在已经步入中年了。

一位二十年没见的小学同学来看我，紧紧握着我的手说："二十年没见，想不到你变得这么老了！"——他讲的是实话，我们是两面镜子，他看见我的老去，我也看到了他的白发，其中最荒谬的是，我们都确信眼前这完全改变的同学，是"昔日人"，也相信自己还是从前的我。

一位小学老师说："没想到你变得这么会演讲呢！"

我想到，小时候我就很会演讲，只是普通话不标准，因此永远没有机会站上讲台，不断挫折与压抑的结果，使我变得忧郁，每次上台说话，就自卑得不得了，甚至脸红心跳说不出话来。

连我自己都不能想象，二十几年之后，我每年要做一百多次的大型演讲，当然，我的老师更不能想象的。

我不只是外貌彻底地改变了，性格、思想也不再是从前的自己。

但是，属于童年的我，却是旋岚偃岳，江河竞注，那样清晰，充满了动感。

四

今年过年的时候，在家里一张被弃置多年的书桌里，找到了我在童年、少年时代的一些照片，黑白的、泛着岁月的黄渍。

我坐在书桌前专注地寻索着那些早已在岁月之流中逝去的自己，瘦小、苍白，常常仰天看着远方。

那时在乡下的我们，一面在学校读书，一面帮忙家里的农事，对未来都有着茫然之感，只知道长大一定要到远方去奋斗，渴望有衣锦还乡的一天。

有一张照片后面，我写着：

男儿立志出乡关，

毕业无成誓不还。

那是初中三年级，后来我到台南读高中，大学考了好几次，有一段时间甚至灰心丧志，觉得天下之大，竟没有自己容身的地方。想到自己十五岁就离家了，少年迷茫，不知何往。

还有一张是高中一年级的，背后竟早熟地写道：

我是谁？

我从哪里来？

要往哪里去？

在人群里，谁认识我呢？

我看着那些照片，试图回到当时的情境，但情境已渺，不复可追。如果我不写说明，拿给不认识从前的我的朋友看，他们一定不能在人群里认出我来。

坐在地板上看那些照片，竟看到黄昏了，直到母亲跑上来说："你在干什么呢？叫好几次吃晚饭，都没听见。"我说在看从前的照片。

"看从前的照片就会饱了吗？"母亲说，"快！下来吃晚饭。"

我醒过来，顺随母亲下楼吃晚饭，母亲说得对，这一顿晚饭比从前的照片重要得多。

五

这二十年来，我写了五十几本书，由于工作忙碌，很少回乡，哥哥姐姐竟都是在书里与我相见。

有一次，姐姐和我讨论书中的情节，说："你真的经历这些事吗？"

"是的。"我说。

"真想不到，我的同事都问我，你写的那些是不是真的，我说我也不知道哇！因为我的弟弟十五岁就离家了。"

有时候，我出国也没有通知家里的人。那时在台湾《中国时报》当主编，时常到国外去出差，几乎走遍了半个地球。亲戚朋友偶尔会问：

"这写埃及的，是真的吗？""这写意大利的，是真的吗？"

我的脸上并没有写过我到过的国家，我的眼里也无法映现生命那些私密经验的历程，因此，到后来，连我自己也会问自己："这些都是真的吗？"如果是假的，为什么如此真实？如果是真的，现在又在何处呢？生命的经验没有一段是真的，也没有一段是假的，回想起来，真的是如梦如幻，假的又是刻骨铭心，在走过了以后，真假只是一种认定啊！

六

有时候，不肯承认自己四十岁了，但现在的辈分又使我尴尬。

早就有人叫我"叔公""舅公""姨丈公""姑丈公"了，一到做了公字辈，不认老也不行。

我是怎么突然就到了四十岁呢？

不是突然！生命的成长虽然有阶段性，每天却都是相连的，去日、今日与来日，是在喝茶、吃饭、睡觉之间流逝的，在流逝的时候并不特别警觉，但是每一个五年、十年就仿佛河流特别湍急，不免有所醒觉。

看着两岸的人、风景，如同无声的黑白默片，一格一格地显影、定影，终至灰白、消失。

无常之感在这时就格外惊心，缘起缘灭在沉默中，有如响雷。

生命会不会再有一个四十年呢？如果有，我能为下半段的生命奉献什么？

由于流逝的岁月，似我非我；未来的日子，也似我非我，只有善待每一个今朝，尽其在我珍惜的每一个因缘，并且深化、转化、净化自己的生命。

七

憨山大师觉悟到"旋岚偃岳而常静，江河竞注而不流"的时候，是二十九岁。想来惭愧，二十九岁的时候我在报馆里当主笔，旋岚乱动，江河散流，竟完全没有过觉悟的念头。

现在懂得了一点点佛法、体验一些些无常、关照一丝丝缘起，才知道要做一个不受人惑的人是多么艰难。幸好，选到了一双叫"菩萨道"的鞋子，对路上的荆棘、坑洞，也能坦然微笑地迈步了。

记得胡适先生在四十岁时，曾在照片上自题了"做了过河卒子，只要拼命向前"，我把它改动一下"看见彼岸消息，继续拼命向前"，来作为自己四十岁的自勉。

但愿所有的朋友，也能一起前行，在生命的流逝、在因缘的变换中，都能无畏，做不受惑的人。

修得一颗柔软心

假如富人也还是人，
我的意见就会有用了。
站在人本的立场，
这世间的快乐和痛苦还真平等呢！

快乐真平等

有一个社团来请我演讲，令我感到意外的是，这社团参加的人至少都拥有上亿的财富。

我从来没有为这么有身价的人演讲过，便询问来联络的人："这些有财富的人要知道什么呢？"

"因为他们拥有太多的财富，有一些人已经失去快乐的能力！"

"怎么会呢？有钱不是很好的事吗？"我感到疑惑，可能是我从未想象有那么多财富，因而无从理解。

"会呀！一般人如果多赚一万元会快乐，对有十亿财产的人，多赚一百万也不及那样快乐。有钱人吃也不快乐，因为什么都吃过了，不觉得有什么特别好吃。穿也不快乐，买昂贵衣服太简单，不觉得穿新衣值得惊喜。甚至买汽车、买房子、买古董都是举手之劳，也没有喜乐了。

钱到最后只是一串数字，已经引不起任何的心跳了。"

不只如此，这位有钱人的秘书表示，富有的人由于长时间的养尊处优，吃过于精致的食物，缺乏体力劳动，健康普遍都亮起黄灯和红灯，高血压、心脏病、糖尿病者比比皆是。

他说："林先生，到底有什么方法可以让有钱的人也得到快乐，拥有健康的身心呢？"

这倒使我困惑了，这世界上似乎有许多的药方，以及祖传的秘方，却没有一种是来治愈不快乐的，如果有人发明了这种秘方，他可能很快变成富有的人，连自己都会因财富而失去快乐的能力了。

我时常觉得，这世界在最究竟的根源一定是非常公平的，这不只是由于因果观点，而是一个人在一生中所能享有的福气有限，一旦在某方面有所得，在另一方面必然会有所失。虽然一个人也可能又有财富，又有权势，又有名声，又有健康，又有娇妻美眷，又能快乐无忧，但这种人千万不得一，大部分人都是站在跷跷板上，一边上来，另一边就下去了。

对于富人的问题，宋代思想家林逋在《省心录》中说："安乐有致死之道，忧患为养生之本。"又说："心可逸，形不可不劳；道可乐，身不可不忧。"意思是在生活上适度地欠缺，其实是好的，适度地劳动或忧患，不仅对人的身心有益，也才能体会到幸福的可贵。《左传》里说得更清楚："善人富谓之赏，淫人富谓之殃。"（和善清净的人富有了，是上天的奖赏；纵欲淫邪的人富有了，正是灾祸的开始。）

清朝的魏源在《默觚下》中说："不幸福，斯无祸；不患得，斯无失；不求荣，斯无辱；不干誉，斯无毁。"对得失与代价的关系说得真好。生活的喜乐也是如此，想想幼年时代物质缺乏严重，不管吃什么都好吃，穿什么新衣都开心，换了一床新棉被可以连续做一个月的好梦——事实上，在最欠缺的时候，一丝丝小小的得，也就有无限的幸福；什么都不缺的时候，却是幸福薄似纱翼的时候哇！

我很喜欢李商隐的两句诗："欲就麻姑买沧海，一杯春露冷如冰。"（我想从麻姑仙子那里把沧海买下来，没想到她的沧海只剩下一杯冰冷的春露。）我们在人生历程的追求不也如此吗？财富、名位都只是一杯冰冷的春露！

但富人不是不能快乐，只要回到平凡的生活，不被财富遮蔽眼睛，发掘出人的真价值，多劳作、多流汗；培养智慧的胸怀，不失去真爱与热情，则人生犹大有可为，因为比财富珍贵的事物多的是。

如果埋身于财富，不能解脱，那么"末大必折，尾大不掉"（树枝末梢太粗大，树干一定折断；动物的尾巴太大了，就不能自由地摇动了。语出《左传》）。如何能有快乐之日？心里不自由，身体自然难以健康了。

不过，我对富者的建议，可能是不切实际的，因为我不是富人，无从知悉他们的烦恼。

假如富人也还是人，我的意见就会有用了。站在人本的立场，这世间的快乐和痛苦还真平等呢！

谦 卑 心

一

谦卑比慈悲更难。

慈悲是把众生当成自己的子女，从心底生起自然的慈爱与关怀。

谦卑是把众生当成自己的父母，从心底生起自然的尊崇与敬爱。

我们知道，无条件地爱子女是容易的，无条件地敬父母则很少人可以做到。

所以，谦卑比慈悲更难。

二

通常，我们对身份地位权势比我们高的人，容易生起谦卑之念，不易生起悲悯的心。

反而，我们对身份地位权势比我们低的人，容易生起悲悯之念，不易生起谦卑的心。

这是我们的我执未破，在人中有了高低。

修行的人应该训练自己，对众人敬畏位高权重的人，发起悲悯；对地位卑微生活困顿的人，生起谦卑。

有名利地位的人不是也很值得同情悲悯吗？

没有名利地位的人不是也很值得感恩尊敬吗？

对富贵豪强的人悲悯很难，对贫贱残弱者的谦卑更难。

三

悲悯使我们心胸宽广，善于包容；谦卑令我们人格高洁，善于感恩。

慈悲是由感恩而生的，感恩则源于真正的谦卑，骄傲的人是不懂得感恩的，而由于感恩，我们才可以无憾地喜舍。这是四无量心慈、悲、喜、舍的发起，谦卑的感恩是其中的要素。

有一位伟大的噶胆巴上师教导我们，思考某些因果关系，来发展我们的四无量心，这思考的方法是：

"我必须成佛，是第一要务。

我必须发菩提心，这是成佛的因。

悲是发菩提心的因。

慈是悲的因。

受恩不忘是慈的因。

体认众生皆我父母，这个事实是不忘恩的因。

我必须体认这一点！

首先，我必须念念不忘今世母亲的恩，而观想慈。

然后，我必须扩大这种态度，以包括所有还活着的众生。"

透过这种思考，我们可以愉快地观想，不断地念：

"当我快乐时，

愿我的功德流入他人！

愿众生的福泽充满天空！

当我不愉快时，

愿众生的烦恼都变成我的！

愿苦海干涸！"

我们的观想可以得到真实的谦卑，谦卑乃是感恩，感恩乃是慈悲，慈悲乃是菩提！

四

谦卑就是谦虚，还有卑微。

谦虚要如广大的天空，有蔚蓝的颜色，能容受风云日月，不会被雷电乌云遮蔽，而失去其光明。

卑微要如无边的大地，有翠绿的光泽，能承担雨露花树，不会被污秽垃圾沉埋，而失去其生机。

谦虚的天空不会因破坏而嗔恨，卑微的大地不致因践踏而委屈。

永远不生起嗔恨、不感到委屈，是真实的谦卑。

五

我一向不愿穿戴昂贵的服饰，不愿拥有名牌，因为深感自己没有那样名贵。

我一向不喜出入西装革履、衣香鬓影的场合，因为深感自己没有那样高级。

我要谦虚卑微一如山上的一株野草。

谦卑的野草是自在地生活于大地，但野草也有高贵的自尊，顺着野草的方向看去，俯视这红尘大地，会看见名贵高级的人住在拥挤的大楼，只有一个小的窗口。

我不要人人都看见我，但我要有自己的尊严。

六

一株野草、一朵小花都是没有执着的。

它们不会比较自己是不是比别的花草美丽，它们不会因为自己要开放就禁止别人开放。

它们不取笑外面的世界，也不在意世界的嘲讽。

谦卑的心是宛如野草小花的心。

七

宋朝的高僧佛果禅师，在担任舒州太平寺当住持时，他的师父五祖法演给了他四个戒律：

一、势不可使尽——势若用尽，祸一定来。

二、福不可受尽——福若受尽，缘分必断。

三、规矩不可行尽——若将规矩行尽，会予人麻烦。

四、好话不可说尽——好话若说尽，则流于平淡。

这四戒比"过犹不及"还深奥，它的意思是"永远保持不及"，不及就是谦卑的态度。

高傲的人常表现出"大愚若智"，谦卑的人则是"大智若愚"。

八

南泉普愿禅师将圆寂的时候，首座弟子问道："师父百年后，向什么处去？"

他说："山下做一头水牯牛去。"

弟子说："我随师父一起去。"

禅师说："你如果想随我去，必须衔一茎草来。"

在举世滔滔求净土的时代，愿做一头山下的水牛，这是真正的谦卑。

九

释迦牟尼佛在行菩萨道时，曾在街上对他见到的每一个众生礼拜，即使被喝骂棒打也不停止，只因为他相信众生都是未来佛，众生都可以成佛。

我们做不到那样，但至少可以在心里做到对每一众生尊敬顶礼，做到印光大师说的："看人人都是菩萨，只有我是凡夫。"

是的，只有我是凡夫，切记。

十

我愿，常起感恩之念。

我愿，常生谦卑之心。

我愿，我的谦卑永远向天空与大地学习。

屋顶上的田园

连续来了几个台风，全台湾又为了菜价的昂贵而沸腾了，我们家是少数不为菜价烦恼的家庭。

今年春天，我坐在屋顶阳台乘凉的时候，看着空荡荡的阳台，心里想："为什么不在阳台上种点东西呢？"我想到居住在乡间的亲戚朋友，每一片空地也都是尽量地利用，空着三十几平（1平 =3.3057 平方米）的阳台岂不是太可惜吗？

于是，我询问太太和孩子的意见，"到底是种花好呢？还是种菜好？"都认为是种菜好，因为花只是用来看的，菜却要吃进肚子里，而台湾的农药问题是如此的可怕。

孩子问我："爸爸，你真的会种菜吗？"

我听了大笑起来，那是当然的啊！想想老爸是农人子弟，从小什么作物没有种过，区区一点菜算得了什么！"

自己吹嘘半天，却也有一些心虚起来，我的祖父、父亲都是农夫，我小时候虽也有农事的经验，但我少小离家，那已经是很遥远的事了。

种菜，首先要整地，立刻就面临要在阳台上砌砖围土的事情，这样工程就太浩大了。我和孩子一起讨论："如果我们找来三十个大花盆，每一盆子栽一种菜，一个月之后，我们每天采收一盆，就会天天有蔬菜吃了。"

我把从前种花的时候弃置的花盆找出来，一共有十八盆，再去花市买了十二个塑胶盆子。泥土是在附近的工地向工地主任要来的废土，种子是托弟媳在乡下的市场买的。没有种过菜的人，一定想不到菜的种子非常便宜，一包才十元，大概可以种一亩地没问题，如果种一盆，种子不到一毛钱。小贩在袋子上都写了菜名，在乡下的菜名和国语不同，因此搞了半天，才知道"格林菜"是"芥蓝菜"，"汤匙菜"是"青康菜"，"蕹菜"是"空心菜"，"美仔菜"是"莴苣"，那些都是菜长出来后才知道的，其实，所有的青菜都很好吃，种什么菜都是一样的。

我先把工地的废土翻松，在都市里的土地从未种作，地力未曾使用，应该是很肥沃的，所以，种菜的初期，我们可以不使用任何肥料。我已经想好我要用的肥料了，例如洗米的水、煮面的汤、菜叶果皮，以及剩菜残羹，等等。

叶菜类的生长速度非常得快，从发芽到采收只要三个星期的时间，几乎每天都可以因看到茂盛的生长而感到喜悦。特别是像空心菜、红凤叶、番薯叶，一天就可以长出一寸长。

我也决定了采收和浇水的方法。

一般的菜农采收叶菜，为了方便起见，都是整棵从地里拔起，我们在阳台种菜格外艰辛，应该用剪刀来采收，例如摘空心菜，每次只采最嫩的部分，其根茎就会继续生长，隔几天又可以收成了。

浇水呢？曾经自己种菜的弟弟告诉我，如果用自来水来浇灌，不只菜长不好，而且自来水费比菜价还高。我找来一些大桶子放在阳台，以便下雨时可以集水，平常则请太太帮忙收集洗米洗菜的水，甚至洗手洗澡的水，即是用花盆种菜，这样的水量也就够了。

我种的第一批菜快要可以收成的时候，发现菜园来了一些虫、蜗牛、蚱蜢等等小动物，它们对采收我的菜好像更有兴趣、更急切。这使我感到心焦，因为我是不杀生、不使用农药的，把小虫一只一只抓来又耗去了太多的时间。

有一天，一位在阳明山种兰花的朋友来访，我请他参观阳台的菜园。他说他发明了一种农药，就是把辣椒和大蒜一起泡水，一桶水里大约辣椒十条、大蒜十粒，然后装在喷水器里，喷在花盆四周和菜叶上，又卫生无毒又有奇效。

从此，我大约每星期喷一次自制的"农药"，果然再也没有虫害了。

自从我种的菜可以采收之后，每次有朋友来，我都摘菜请客，他们很难相信在阳台可以种出如此甜美的菜。有一位朋友吃了我种的菜，大为感慨："在台北市，大概只有两个大人物自己在屋顶上种菜，一个是王永庆，一个是林清玄。"

我听了大笑，大人物是谈不上，不过吃自己种的青菜确是非常踏实，有成就感。

还有一次，主持"玫瑰之夜"的曾庆瑜小姐来访，看到我种的菜，大为兴奋，摘了一枝红凤菜，也没有清洗，就当场大嚼起来，我想阻止她已经来不及了，如果告诉她农药和肥料的来源，她吃得一定更有"味道"了。

从开始种菜以来，就不再担心菜价的问题了，每有台风来的时候，我把菜端到避风的墙边，每次也都安然度过，真感觉到微小的事物中也有幸福欢喜。

每天的早晨黄昏，我抽出半个小时来除草、浇水、松土，一方面劳动了久坐的筋骨，一方面也想起从前在乡间耕作的时光，在劳苦之中感觉到生活的踏实。

我常想，地球上的土地是造物者为了生养人类而创造的，如今却有很多人把土地作为占有与获利的工具，真是辜负土地原有的价值。

想到在东京银座有块土地的日本人，却拿来种稻子，许多人为他不把土地盖成昂贵的楼房，而种粗贱的稻米感到不可思议，那是因为人已经日渐忘记土地的意义了，东京银座那充满铜臭的土地还可以生长稻子，不是值得欢喜雀跃的事吗？

我在阳台上种菜是不得已的，但愿有一天能把菜种在真正的土地上。

清静之莲

　　偶尔在人行道上散步，忽然看到从街道延伸出去，在极远极远的地方，一轮夕阳正挂在街的尽头，这时我会想：如此美丽的夕阳实在是预示了一天即将落幕。

　　偶尔在某一条路上，见到木棉叶子落尽的枯枝，深褐色的孤独地站在街旁，有一种萧索的姿势，这时我会想：木棉又落了，人生看美丽木棉花的开放能有几回呢？

　　偶尔在路旁的咖啡馆，看绿灯亮起，一位衣着素朴的老妇，牵着衣饰绚如春花的小孙女，匆匆地横过马路，这时我会想：那老妇曾经是花一般美丽的少女，而那少女则总有一天会成为牵着孙女的老妇。

　　偶尔在路上的行人天桥站住，俯视着天桥下川流不息、往四面八方奔窜的车流，却感觉那样的奔驰仿佛是一个静止的画面。这时我会想：到底哪里是起点？而何处才是终点呢？

偶尔回到家里，打开水龙头要洗手，看到喷涌而出的清水急促地流淌，突然使我站在那里，有了深深的颤动，这时我想着：水龙头流出来的好像不是水，而是时间、心情，或者是一种思绪。

偶尔在乡间小道上，发现了一朵被人遗忘的蝴蝶花，形状像极了凤凰花，却比凤凰花更典雅，我倾身闻着花香的时候，一朵蝴蝶花突然飘落下来，让我大吃一惊。这时我会想：这花是蝴蝶的幻影，还是蝴蝶是花的前身呢？

偶尔在静寂的夜里，听到邻人饲养的猫在屋顶上为情欲追逐，互相惨烈地嘶叫，让人的汗毛都为之竖立。这时我会想：动物的情欲是如此粗糙，但如果我们站在比较细腻的高点来回观人类，人不也是那样粗糙的动物吗？

偶尔在山中的小池塘里，见到一朵红色的睡莲，从泥沼的浅地中昂然抽出，开出了一串美丽的音符，仿佛无视于外围的污浊。这时我会想：呀！呀！究竟要怎么样的历练，我们才能像这一朵清净之莲呢？

偶尔我们也是和别人相同地生活着，可是我们让自己的心平静如无波之湖，我们就能以明朗清澈的心情来照见这个无边的复杂的世界，在一切的优美、败坏、清明、污浊之中找到智慧。我们如果是有智慧的人，一切烦恼都会带来觉悟，而一切小事都能使我们感知它的意义与价值。

在人间寻求智慧也不是那样难的。最要紧的是，使我们自己有柔软的心，柔软到我们看到一朵花中的一片花瓣落下，都使我们动容颤抖，知悉它的意义。

唯其柔软，我们才能敏感；唯其柔软，我们才能包容；唯其柔软，我们才能精致；也唯其柔软，我们才能超拔自我，在受伤的时候甚至能包容我们的伤口。

柔软心是大悲心的芽苗，柔软心也是菩提心的种子，柔软心是我们在俗世中生活，还能时时感知自我清明的泉源。

那最美的花瓣是柔软的，那最绿的草原是柔软的，那最广阔的海是柔软的，那无边的天空是柔软的，那在天空自在飞翔的云是柔软的！

我们心的柔软，可以比花瓣更美，比草原更绿，比海洋更广，比天空更无边，比云还要自在，柔软是最有力量，也是最恒常的。

且让我们在卑湿污浊的人间，开出柔软清净的智慧之莲吧！

温柔半两

　　读到无际大师的"心药方"，说到不管是齐家、治国、学道、修身，必须先服十味妙药，才能成就。哪十味妙药呢？他说：

　　"好肚肠一条，慈悲心一片，温柔半两，道理三分，信行要紧，中直一块，孝顺十分，老实一个，阴骘全用，方便不拘多少。"这十味妙药要怎么吃呢？他又说："此药用宽心锅内炒。不要焦，不要躁，去火性三分。于平等盆内研碎，三思为末，六波罗蜜为丸，如菩提子大。每日进三服，不拘时候，用和气汤送下。果能依此服之，无病不瘥。"

　　这无际大师的心药方真是令人莞尔，细细品味而受教无穷。无际大师是谁我并不知道，我也不想去知道，觉得知道了他的身份反而会拘限了他。猜想他是某朝代的高僧之一，深解所有的病都是从心而起，一日灵感大发，而写下了这帖药方。

"心药方"是用白话写成，不难理解其意，在此必须解释的是"六波罗蜜"，波罗蜜是行菩萨道之谓，行法有六种：一布施、二持戒、三忍辱、四精进、五禅定、六智慧。菩萨用这六种方法度人过生死海到涅槃彼岸。"菩提子"则是菩提树的种子，可做念珠，大小如莲子，做抽象解释时，"菩提"是"觉悟"的意思。

我想，不论是不是佛教徒，每天能三服这帖心药，不仅能使身心安乐，也能无愧于天地；假如每天吃三四味，也就能去病延年；要是万万不可能，一天吃一口"温柔半两"，可能也足以消灾少祸了。

这一帖心药虽仅有十味，味味全是明心见性，充满了智慧。因为在佛家而言，人身体所有的病痛全是由心病而来。佛陀释迦牟尼将心病归属于贪嗔痴三种，只有在一个人除去贪、嗔、痴三病时，才能有一个明净的精神世界，也才会身心快乐，没有挂碍，没有恐怖，远离颠倒梦想。因此所有佛书的入门就是一部心经，所有成佛的最高境界，靠的也是心。

佛经中对心的探求与沉思历历可见，释尊曾经这样开示："心作天，心作人，心作鬼神，畜生地狱，皆心所为也。"（《般泥洹经》）又说："能伏心为道者，其力最多。吾与心斗，其劫无数，今乃得佛，独步三界，皆心所为。"（《五苦章句经》）对于为善的人，心是甘露法；对于为恶的人，心是万毒根；因此医病当从内心医起，救人当从内心救起。

例如佛祖在《楞严经》里说："灯能显色，如是见者，是眼非灯；眼能显色，如是见性，是心非眼。"翻成白话是："灯能显出东西不是灯能看见东西，而是眼睛借灯看见了东西；眼睛看见了东西，并不是眼睛在看，而是心借眼睛显发了见性。"那么我们可以说一个人不明事理，不是事理有病，不是眼睛有病，而是内心有病，只要治好了真心，眼睛也可以分辨，事理也得到了澄清。

无际大师的心药即是从根本处解决了人生与人格的问题。

关于心的壮大，我国禅宗初祖达摩祖师在《达摩血脉论》中曾布一段精彩绝伦的文字。他说："除此心外，见佛终不得也。佛是自心作得，因何离此心外觅佛？前佛后佛只言其心，心即是佛，佛即是心，心外无佛，佛外无心。若言心外有佛，佛在何处？心外既无佛，何起佛见？……若知自心是佛，不应心外觅佛。佛不度佛，将心觅佛不识佛。"

因而历来的禅宗无不追求一个本心，认为一个人不能修心、明心、真心、深心，而想成佛道，有如取砖头来磨镜，有如以沙石做饭，是杳不可得的。这正是六祖慧能说的："于一切行住坐卧，常行一直心。""但行直心，于一切法，勿有执着。"

知道了心对真实人生的重要，再回来看无际大师的心药方。他的这帖药是古今中外皆可行的，而日有许多正在现代社会中消失，实在值得三思。试想，一个人要是为人有好肚肠、长养慈悲心、多几分温柔、讲一些道理，对人守信用、对朋友讲义气、对父母孝顺、行住坐卧诚信不欺、不伤阴德、尽量给人方便，那么这个人算是道德完满的人，还会有什么病呢？

人人如此，社会也就无病了。

天下太平的线索，其实就是一个人内心完成所组合的元素！

走向生命的大美

王国维在《人间词话》里曾经说到古今成大事业、做大学问的人必须经过三种境界：

第一种境界是"昨夜西风凋碧树，独上高楼，望尽天涯路"。意思是说有感性的胸怀，见到西风里凋零的碧树心有所感，在内心里有理想的抱负与对未来的追寻，虽有孤独与苍茫之感，但有远见，对生命有辽阔的视野。

（这句出自宋朝晏殊的《蝶恋花》，原词是："槛菊愁烟兰泣露，罗幕轻寒，燕子双飞去。明月不谙离恨苦，斜光到晓穿朱户。　昨夜西风凋碧树，独上高楼，望尽天涯路。欲寄彩笺兼尺素，山长水阔知何处？"）

第二种境界是"衣带渐宽终不悔，为伊消得人憔悴"。意思是说不只要有追寻理想的热情与勇气，还要有坚持、有执着，去实践自己所信奉的真理，即使人变瘦了、衣带变宽了，也能百折不悔。

（这句出自宋朝词人柳永的《凤栖梧》，原词是："伫倚危楼风细细，望极春愁，黯黯生天际。草色烟光残照里，无言谁会凭栏意？　拟把疏狂图一醉，对酒当歌，强乐还无味。衣带渐宽终不悔，为伊消得人憔悴。"）

第三种境界是"众里寻他千百度，蓦然回首，那人却在灯火阑珊处"。意思是经过非常长久的努力追寻，饱受人生的沧桑，到后来猛然回首，那要追寻的却在自己走过的道路上，灯火阑珊的地方。

（这句出自宋朝词人辛弃疾的《青玉案》，原词是："东风夜放花千树，更吹落，星如雨。宝马雕车香满路，凤箫声动，玉壶光转，一夜鱼龙舞。　蛾儿、雪柳、黄金缕，笑语盈盈暗香去。众里寻他千百度，蓦然回首，那人却在，灯火阑珊处。"）

从前读《人间词话》读到人生的三种境界时，虽有感触，但不深刻，到最近几年，这三重境界之说时常在心中浮现，格外感受到王国维对生命的智见，他论的虽然是诗词、是事功、是人格，讲的实际上是人从凡夫之见超越的历程，到最后那种"众里寻他千百度，蓦然回首，那人却在，灯火阑珊处"，简直是开悟的心境了，使我想起一首禅诗"终日寻春不见春，芒鞋踏破岭头云。归来偶遇梅花嗅，春在枝头已十分"，也不禁想到菩萨在人间留下一丝有情那样的心境。

一个人要"众里寻他千百度"，必然要经验人生的许多历程，而要"蓦然回首"则需要一种明觉，至于站在灯火阑珊处的那人，不是别人，而是一个原点，是那个"独上高楼，望尽天涯路"的自我呀！

诗人虽然出自情感与灵感来表达自我，但其中有一种明觉，或者与禅师不同，我相信那明觉之中犹如镜子一样澄明、开悟的心——这种历程，在某些作品里是历历可见的。

宋朝词人蒋捷曾有一首《虞美人》，很能看出这种提升的历程：

少年听雨歌楼上，红烛昏罗帐。

壮年听雨客舟中，江阔云低，断雁叫西风。

而今听雨僧庐下，鬓已星星也。

悲欢离合总无情，一任阶前，点滴到天明。

在僧庐下听雨的白发诗人，体会到人世悲欢离合的无情就像阶前的雨一样错落无常，心境上是有一种悟境的。与禅心不同的是，禅心以智为灯芯，诗人则以美作为点燃，这是为什么我们读到李贺"天若有情天亦老"一句，要为之低回不已了，或者读到龚自珍的"落红不是无情物，化作春泥更护花"要为之三叹了。

一个好的开悟的境界，或者崇高的人格与事功，都不是无情的，它是一种经过净化的有情的心，这种经过净化的有情，我们可以称之为"觉有情"，犹如道绰大师说的，就像天鹅在水中悠游，沾水而羽毛不湿。

好的文学，优美的诗歌，无不是在"有情中有觉"，创作者既提升了自我的情感经验，也借以转化，融解成人人都能提升的情感经验，来唤醒大众内在感觉的呼声，这就是为什么历来伟大的禅师在开悟之际都会写下诗歌，而开悟之后，有许多禅师也往往以诗歌示教，在显教最有名的是六祖慧能，传说他不识字，但读他的作品《六祖坛经》竟犹如诗词一样，在密宗最著名的是米拉日巴，传说他留传的诗歌竟有数万首之多。

寒山、拾得不也是这样吗？他们是山野的隐士，却也忍不住把自己的心境写在山间石壁，幸好有人抄录才不致失传。但是，我也不禁想到，以寒山、拾得的诗才，写诗的那种劲道，一定有更多的诗隐于石上、壁上，与草木同朽，后人无缘得见了。

为什么悟道者爱写诗呢？原因何在？我想最根本的是，禅学或佛教是一种美，能在人生中提升美的体验，使一个人智慧有美、慈悲有美、生活有美，语默动静无一不美，那才是走向佛道之路。

失去了美，佛道对人生还有什么价值呢？

唯有心性的绝美，才使人能洗涤贪、嗔、痴、慢、疑五毒；也唯有绝美的心，才能面对、提升、跨越人生深切的痛苦。

因此，道是美，而走向道的心情是一种诗情，诗情与道情转着的驿站则是"觉"。

菩萨所以叫"觉有情"，是因为菩萨从来没有失去感性的怀抱，与凡夫不同的是，他在有情中不失觉悟的心。

菩萨所以个个心性皆美，长相也无不庄严到达极致，则是启示了我们，美是无比重要的，最深刻的美则来自有情的锤炼。

即使是佛，十方诸佛都是"相好庄严"，经典里说到佛之美，有"三十二相，八十种好"之说，因此，佛的相、佛的心，都是绝美。

了解到佛道的追求是生命完美的追求，我模仿王国维之说，凡是古今走向"觉有情"之道者，也必经三种境界：

第一种境界是"笑渐不闻声渐悄，多情却被无情恼"。（语出苏东坡《蝶恋花》）

第二种境界是"我见青山多妩媚，料青山见我应如是，情与貌，略相似"。（语出辛弃疾《贺新郎》）

第三种境界是"千锤万凿出深山，烈火焚烧若等闲；粉身碎骨浑不怕，要留清白在人间"。（语出于谦《石灰吟》）

真正觉有情的菩萨，全是多情的种子，他们在无情的孽障人世之中，因烦恼生起菩提之心。然后体会到一切有情都会被无情所恼,思有以解脱,心性与眼界大开,看到世间的美与苦难是并存的,正如青山与我并无分别。最后宁可再跃入有情的熔炉,不畏任何障碍,为了留一点清白在人间。

一个人人格境界的确立正是如此,是在有情中打滚、提炼,终至水保明觉、观照世间,那时才知道什么叫作"蓦然回首"了。

唯有清明的心,才能体验到什么是真实的美。

唯有不断地觉悟,才能体验到更深刻、广大、雄浑的美。

也唯有无上正觉的人,才能迈向生命的大美、至美、完美。

人在江湖

做生意的朋友来看我，谈到内心的许多挣扎，说有时候为了生意，不免要去应酬、喝酒，有时还要对别人设计、扯谎，其实自己的内心向往着规规矩矩地做生意，过单纯的生活，但这样的希望是很不可得的。

他的结论是："人在江湖，身不由己呀！"

朋友走了以后，我想到"人在江湖，身不由己"不只是做生意的人，也是一般人去做那些不随己意的事时，最常用的借口。江湖，真的那么可怕吗？什么是江湖呢？

"江湖"的用语，最早出自《庄子·大宗师》里"不如相望于江湖"，指的是三江（荆江、松江、浙江），五湖（洞庭湖、太湖、鄱阳湖、青草湖、丹阳湖），后来成为佛教里的常用语，把云游四海的云水僧人称为"江湖人"。

那是因为在唐朝的时候，江西有马祖道一禅师，湖南有石头希迁禅师，两位禅师的德声享誉四方，同时大树法幢，当时天下各地的神僧，如果不是到江西去参马祖，就是到湖南去参石头，由于古代的交通不便，光是走到江西、湖南就要一年半载，他们沿路挂单参访，称为"走江湖"。走在江湖上的行者别称为"江湖人""江湖僧""江湖众"。

江湖还有别的意思，像禅士如果散居于名山大刹之外，居于江畔湖边自己参究的，也称为"江湖人"。

或者，一般隐士之居，也可以叫"江湖"，如《汉书》之"甚得江湖间民心"，范仲淹《岳阳楼记》说："处江湖之远，则忧其君"。

因此，在早期，"江湖"是很好的字眼，它象征着一种自由追求真理的态度；"江湖人"也是很好的字眼，是指那些可以放下一切，去探究生命真相的人。

不知道从什么时候开始，在中国民间，"江湖"成为一般通俗的称呼，浪迹于四方谋生活的人，称为"走江湖"或"跑江湖"；阅历丰富的人称为"老江湖"，而以术敛财的人叫"江湖郎中"。这些都还是好的，江湖只是名词而已，到了现在，"江湖"成为"染缸"的同义词，政客在国会打架、骂"三字经"，说："人在江湖，身不由己。"商人出卖灵魂，重利轻义，说："人在江湖，身不由己。"黑社会杀人放火，无所不为，说："人在江湖，身不由己。"

你们的江湖到底是什么样的江湖呢？

人处世间，江湖风险，似乎不可避免，但是在同一个江湖里，有人自清自爱，有人随浊随堕，完全是看个人的选择，"身不由己"只是一个借口罢了！我想起《韩非子》里说："不可陷之盾与无不陷之矛，不可同世而立。"如果心里有清白的向往，而还继续混浊，当然会有矛盾、冲突与挣扎了。

在我们幼年时代，没有自来水，家家户户都在庭前摆水缸，接雨水备用，接来的水要先放一两天澄清，等泥尘沉淀才可使用。有时候孩子顽皮，以手去搅水缸，只要两三下，水就不能用了，要再澄清两天才可用。

因此，我们很小的时候就知道绝对不要去搅水缸，因为"要使水澄清很难，要一两天；要使水混浊很容易，只要搅一两下"。

身在江湖的人也是一样的，古代的禅师为了发觉内在的澄明的泉源，不惜在江边湖畔，苦苦寻索，是看清了"江湖寥落，尔将安归"的困局；现代的人则随着欲望之江陷溺于迷茫之湖，向外永无休止地需索，然后用"身不由己"来做借口。

即使我们真是身在江湖，也要了解江湖真实的意涵，"春风桃李花开日，秋雨梧桐叶落时"，江湖实不可畏，怕的是自己一直把手放在水缸里翻搅。

如果马祖与石头还在，我也真想去走江湖，但是如今最好是安住于自己的心，来让那心水澄清，以便哪一天，可以拿来饮用啊！

柔 软 心

1

我多么希望，我写的每一个字、每一篇文章都洋溢着柔软心的香味；我的每一个行为都有如莲花的花瓣，温柔而伸展。因为我深信，一个作家在写字时，他画下的每一道线都有他人格的介入。

2

日本曹洞宗的开宗祖师道元禅师，传说他航海到中国来求禅，空手而来，空手而去，只得到一柔软心。

这是令人动容的故事，许多人认为道元禅师到中国求柔软心，并把柔软心带回日本。其实不然，柔软心是道元禅师本具的，甚至是人人本具的，只是，道元若不经过万里波涛，不到中国求禅，他本具的柔软心就得不到开发。

柔软心不从外得，但有时由外在得到启发。

3

学禅的人若无柔软心，禅就只是一种哲学，与存在主义无异。

柔软心并不是和稀泥一样的泥巴，柔软心是有着包容的见地，它超越一切、包容一切。柔软心是莲花，因慈悲为水，智慧做泥而开放。

4

有人问我："为什么草木无心，也能自然生长、开花、结果，有心的人反而不能那么无忧地过日子？"

我反问道："你非草木，怎么知道草木是无心的呢？你说人有心，人的心又在哪里呢？假若草木真是无心，人如果达到无心的境界，当然可以无忧地过日子。"

"凡夫"的"凡"字就是中间多了一颗心，刚强难化的心与柔软温和的心并无别异。具有柔软心的人，即使面对的是草木，也能将心比心，也能与草木至诚相见。

5

追鹿的猎师是看不见山的，捕鱼的渔夫是看不见海的。眼中只有鹿和鱼的人，不能见到真实的山水，有如眼中只有名利权位的人，永远见不到自我真实的性灵。

要见山，柔软心要伟岸如山；要看海，柔软心要广大若海。

因为柔软，所以能够包容一切、含摄一切。

6

人在遇到人生的大疑、大乱、大苦、大难时，若未被击倒，自然会在其中超越而得到"定"，因定而得清明，由清明而能柔软。

在柔软中，人可以和谐、单纯，进而达致意识的统一。

野狐禅、口头禅，最缺乏的就是柔软心，有柔软心的禅者不会起差别，不会贬抑净土，或密宗，或一切宗派，乃至一切众生。

7

有欲念，就有火气；有火气，就有烦恼。

柔软心使欲念的火气温和，甚至消散，当欲念之火消散了，就是菩提。

从烦恼到菩提的开关，就是柔软心。

8

佛陀教我们度化众生，并没有教我们苛求众生。我们要度化众生应在心中对众生没有一丝丝苛求，只有随顺。众生若可以被苛求，就不会沦为众生了。

随顺，就是处在充满仇恨的人当中，也不怀丝毫恨意。

随顺，就是随着充满黑暗的世界转动，自己还是一盏灯。

随顺，就是看任何一个众生受苦，就有如自己受苦一般。

随顺，是柔软心的实践，也是柔软心点燃的香。

清雅食谱

有时候生活清淡到自己都吃惊起来了。

尤其对食物的欲望差不多完全超脱出来，面对别人都认为是很好的食物，一点也不感到动心。反而在大街小巷里自己发现一些毫不起眼的东西，有惊艳的感觉，并慢慢品味出一种哲学，正如我常说的，好东西不一定贵，平淡的东西也自有滋味。

在台北四维路一条阴暗的巷子里，有好几家山东老乡开的馒头铺子，说是铺子是由于它实在够小，往往老板就是掌柜，也是蒸馒头的人。这些馒头铺子，早午各开笼一次，开笼的时候水汽弥漫，一些嗜吃馒头的老乡早就排队等在外面了。

热腾腾、有劲道的山东大馒头，一个才五块钱，那刚从笼屉被老板的大手抓出来的馒头，有一种传统乡野的香气，非常得美味，也非常之结实，寻常一般人一餐也吃不了这样一个馒头。我是把馒头当点心吃的，那纯朴的麦香令人回味，有时走很远的路，只是去买一个馒头。

这巷子里的馒头大概是台北最好的馒头了，只可惜被人遗忘。有的馒头店兼卖素油饼，大大的一张，可蒸、可煎、可烤，和稀饭吃时，真是人间美味。

说到油饼，在顶好市场后面，有一家卖饺子的北平馆，出名的是"手抓饼"，那饼烤出来时用篮子盛着，饼是整个挑松的，又绵又香，用手一把一把抓着吃。我偶尔路过，就买两张饼回家，边喝水仙茶，抓着饼吃，如果遇到下雨的日子，就更觉得那抓饼有难言的滋味，仿佛是雨中青翠生出的嫩芽一样。

说到水仙茶，是在信义路的路摊寻到的，对于喝惯了茉莉香片的人，水仙茶更是往上拔高，如同坐在山顶上听瀑，水仙入茶而不失其味，犹保有洁白清香的气质，没喝过的人真是难以想象。

水仙茶是好，有一个朋友做的冻顶豆腐更好。他以上好的冻顶乌龙茶清焖硬豆腐，到豆腐成金黄色时捞起来，切成一方一方，用白瓷盘装着，吃时配着咸酥花生，品尝这样的豆腐，坐在大楼里就像坐在野草地上，有清冽之香。

有时食物也能像绘画中的扇面，或文章里的小品，音乐里的小提琴独奏，格局虽小，慧心却十分充盈。冻顶豆腐是如此，在南门市场有一家南北货行卖的"桂花酱"也是如此，那桂花酱用一只拇指大的小瓶装着，真是小得不可思议，但一打开桂花香猛然自瓶中醒来，细细的桂花瓣还像活着，只是在宝瓶里睡着了。

桂花酱可以加在任何饮料或茶水里，加的时候以竹签挑出一滴，一杯水就全被香味所濡染，像秋天庭院中桂花盛放时，空气都流满花香。

我只知道桂花酱中有蜜、有梅子、有桂花，却不知如何做成，问到老板，他笑而不答。"莫非是祖传的秘方吗？"心里起了这样的念头，却也不想细问了。

桂花酱如果是工笔，"决明子"就是写意了。在仁爱路上有时会遇到一位老先生卖"决明子"，挑两个大篮用白布覆着，前一篮写"决明子"，后一篮写"中国咖啡"。卖的时候用一只长长的木勺，颇有古意。

听说"决明子"是山上的草本灌木，籽熟了以后热炒，冲泡有明目滋肾的功效，不过我买决明子只是喜欢老先生买卖的方式，并且使我想起幼年时代在山上采决明子的情景。在台湾乡下，决明子唤作"米仔茶"，夏夜喝的时候总是配着满天的萤火入喉。

对于能想出一些奇特的方法做出清雅食物的人，我总感到佩服。在师大路巷子里有一家卖酸酪的店，老板告诉我，他从前实验做酸酪时，为了使乳酪发酵，把乳酪放在锅中，用棉被裹着，夜里还抱着睡觉，后来他才找出做酸酪最好的温度与时间。他现在当然不用棉被了，不过他做的酸酪又白又细，真像棉花一般，入口成泉，若不是早年抱棉被，恐怕没有这种火候。

那优美的酸酪要配什么呢？八德路一家医院餐厅里卖的全黑麦而包，或是绝配。那黑麦面包不像别的面包是干透的，里面含着一些有浓香的水分，有一次问了厨子，才知道是以黑麦和麦芽做成，麦芽是有水分的，才使那里的黑麦面包一枝独秀，想出加麦芽的厨子，胸中自有一株麦芽。

食物原是如此，人总是选着自己的喜好，这喜好往往与自己的性格和本质十分接近，所以从一个人的食物可以看出他的人格。

但也不尽然，在通化街巷里有一个小摊，摆两个大缸，右边一缸卖"蜜茶"，左边一缸卖"苦茶"，蜜茶是甜到了顶，苦茶是苦到了底，有人爱甜，却又有人爱那样的苦。

"还有一种人，他先喝一杯苦茶，再喝一杯蜜茶，两种都要尝尝。"老板说，不过他也笑了："可就没看过先喝蜜茶再喝苦茶的人，可见世人都爱先苦后甘，不喜欢先甘后苦吧！"

后来，我成了第一个先喝蜜茶，再喝苦茶的人，老板着急问我感想如何？

"喝苦茶时，特别能回味蜜茶的滋味。"我说，我们两人都大笑起来。

旁边围观的人都为我欢欣地鼓掌。

///

　　但愿所有的朋友，也能一起前行，在生命的流逝、在因缘的变换中，都能无畏，做不受惑的人。

///

　　我们所经历过的美好事物，其实都被卷存典藏着，一旦打开了，就从记忆中遥不可知的角落飘回来。

///

安静无言并不是陷入空白，而是有一个更深广、更澄明的所在。

///

虽然明天还会有新的太阳，但永远不会有今天的太阳了。

一分钟很短，但是，一分钟比五十九秒还长，比一秒钟更长很多，所以，要珍惜每一分钟。

///

再温柔平和宁静的落雨，也有把人浸透的威力。

心美一切皆美，情深万象皆深。

///

所有时间里的事物所有时间里的事物，都永远不会回来了。

心无所恃，随遇而安

假若说，

人心的价值是一滴水，

万物存在的价值是一片广大的海洋，

那么唯有发现心里一滴水的人，

才能体会海洋也是一滴水的汇集与映现。

轻视一滴水，

就是轻视整个海洋，

而能品味一滴水，

也就能品尝海洋的真味了。

期待父亲的笑

　　父亲躺在医院的加护病房里，还殷殷地叮嘱母亲不要通知远地的我，因为他怕我在台北工作担心他的病情。还是母亲偷偷叫弟弟来通知我，我才知道父亲住院的消息。

　　这是典型的父亲的个性，他是不论什么事总是先为我们着想，至于他自己，倒是很少注意。我记得在很小的时候，有一次父亲到凤山去开会，开完会他到市场去吃了一碗肉羹，觉得是很少吃到的美味，他马上想到我们，先到市场去买了一个新锅，买一大锅肉羹回家。当时的交通不发达，车子颠簸得厉害，回到家时肉羹已冷，且溢出了许多，我们吃的时候已经没有父亲所形容的那种美味。可是我吃肉羹时心血沸腾，特别感到那肉羹是人生难得，因为那里面有父亲的爱。

　　在外人的眼中，我的父亲是粗犷豪放的汉子，只有我们做子女的知道他心里极为细腻的一面。提肉羹回家只是一端，他不管到什么地方，有好的东西一定带回给我们，所以我童年时代，父亲每次出差回来，总是我们最高兴的时候。

他对母亲也非常体贴，在记忆里，父亲总是每天清早就到市场去买菜，在家用方面也从不让母亲操心。这三十年来我们家都是由父亲上菜场，一个受过日式教育的男人，能够这样内外兼顾是很少见的。

父亲的青壮年时代虽然受过不少打击和挫折，但我从来没有看过父亲忧愁的样子。他是一个永远向前的乐观主义者，再坏的环境也不皱一下眉头，这一点深深地影响了我，我的乐观与韧性大部分得自父亲的身教。父亲也是个理想主义者，这种理想主义表现在他对生活与生命的尽力，他常说："事情总有成功和失败两面，但我们总是要往成功的那个方向走。"

他的乐观和理想主义，使他成为一个温暖如火的人，只要有他在就没有不能解决的事，就使我们对未来充满了希望。他也是个风趣的人，再坏的情况下，他也喜欢说笑，他从来不把痛苦给人，只为别人带来笑声。

小时候，父亲常带我和哥哥到田里工作，透过这些工作，启发了我们的智慧。例如我们家种竹笋，在我没有上学之前，父亲就曾仔细地教我怎么去挖竹笋，怎么看土地的裂痕，才能挖到没有出青的竹笋。二十年后我到竹山去采访笋农，曾在竹笋田里表演了一手，使得笋农大为佩服。其实我已二十年没有挖过笋，却还记得父亲教给我的方法，可见父亲的教育对我影响多么大。

由于是农夫，父亲从小教我们农夫的本事，并且认为什么事都应从农夫的观点出发。像我后来从事写作，刚开始的时候，父亲就常说："写作也像耕田一样，只要你天天下田，就没有不收成的。"他也常叫我不要写政治文章，他说："不是政治性格的人去写政治文章，就像种稻子的人去种槟榔一样，不但种不好，而且常会从槟榔树上摔下来。"

他常教我多写些关于人有益的文章，少批评骂人，他说："对人有益的文章是灌溉施肥，批评的文章是放火烧山；灌溉施肥是人可以控制的，放火烧山则常常失去控制，伤害生灵而不自知。"他叫我做创作者，不要做理论家，他说："创作者是农夫，理论家是农会的人。农夫只管耕耘，农会的人则为了理论常会牺牲农夫的利益。"

父亲的话中含有至理，但他生平并没有写过一篇文章。他是用农夫的观点来看文章，每次都是一语中的，意味深长。

有一回我面临了创作上的瓶颈，回乡去休息，并且把我的苦恼说给父亲听。他笑着说："你的苦恼也是我的苦恼，今年香蕉收成很差，我正在想明年还要不要种香蕉，你看，我是种好呢？还是不种好？"我说："你种了四十多年的香蕉，当然还要继续种啊！"

他说："你写了这么多年，为什么不继续呢？年景不会永远坏的。假如每个人写文章写不出来就不写了，那么，天下还有大作家吗？"

我自以为在写作上十分用功，主要是因为我生长在世代务农的家庭。我常想：世上没有不辛劳的农人，我是在农家长大的，为什么不能像农人那么辛劳？最好当然是像父亲一样，能终日辛劳，还能利他无我，这是我写了十几年文章时常反躬自省的。

母亲常说父亲是劳碌命，平日总闲不下来，一直到这几年身体差了还时常往外跑，不肯待在家里好好休息。他是那一种有福不肯独享，有难愿意同当的人。

他年轻时身强体壮，力大无穷，每天挑两百斤的香蕉来回几十趟还轻松自在。我还记得他的脚大得像船一样，两手摊开时像两个扇面。一直到我上初中的时候，他一手把我提起还像提一只小鸡，可是也是这样棒的身体害了他，他饮酒总不知节制，每次喝酒一定把桌底都摆满酒瓶才肯下桌，喝一打啤酒对他来说是小事一桩，就这样把他的身体喝垮了。

在六十岁以前，父亲从未进过医院，这三年来却数度住院，虽然个性还是一样乐观，身体却不像从前硬朗了。这几年来如果说我有什么事放心不下，那就是操心父亲的健康，看到父亲一天天消瘦下去，真是令人心痛难言。

父亲有五个孩子，这里面我和父亲相处的时间最少，原因是我离家最早，工作最远。我十五岁就离开家乡到台南求学，后来到了台北，工作也在台北，每年回家的次数非常有限。近几年结婚生子，工作更加忙碌，一年更难得回家两趟，有时颇为自己不能孝养父亲感到无限愧疚。父亲很知道我的想法，有一次他说："你在外面只要向上，做个有益社会的人，就算是有孝了。"

母亲和父亲一样，从来不要求我们什么，她是典型的农村妇女，一切荣耀归给丈夫，一切奉献都给子女，比起他们的伟大，我常觉得自己的渺小。

我后来从事报道文学，在各地的乡下人物里，常找到父亲和母亲的影子，他们是那样平凡、那样坚强，又那样地伟大。我后来的写作里时常引用村野百姓的话，很少引用博士学者的宏论，因为他们是用生命和生活来体验智慧，从他们身上，我看到了最伟大的情操，以及文章里最动人的素质。

我常说我是最幸福的人，这种幸福是因为我童年时代有好的双亲和家庭，我青少年时代有感情很好的兄弟姐妹；进入中年，有许多知心的朋友。我对自己的成长总抱着感恩之心，当然这里面最重要的基础是来自于我的父亲和母亲，他们给了我一个乐观、关怀、良善、进取的人生观。

我能给他们的实在太少了，这也是我常深自忏悔的。有一次我读到《佛说父母恩重难报经》，佛陀这样说：

> 假使有人，为于爹娘，手持利刀，割其眼睛，献于如来，
> 经百千劫，犹不能报父母深恩。
> 假使有人，为于爹娘，亦以利刀，割其心肝，血流遍地，
> 不辞痛苦，经百千劫，犹不能报父母深恩。
> 假使有人，为于爹娘，百千刀戟，一时刺身，于自身中，
> 左右出入，经百千劫，犹不能报父母深恩……

读到这里，不禁心如刀割，涕泣如雨。这一次回去看父亲的病，想到这本经书，在病床边强忍着要落下的泪，这些年来我是多么不孝，陪伴父亲的时间竟是这样的少。

母亲也是，有一位也在看护父亲的郑先生告诉我："要知道你父亲的病情，不必看你父亲就知道了，只要看你妈妈笑，就知道病情好转，看你妈妈流泪，就知道病情转坏，他们的感情真是好。"

为了看顾父亲，母亲在医院的走廊打地铺，几天几夜都没能睡个好觉。父亲生病以后，她甚至还没有走出医院大门一步，人瘦了一圈，一看到她的样子，我就心疼不已。

但愿，但愿，但愿父亲的病早日康复。以前我在田里工作的时候，看我不会农事，他会跑过来拍我的肩说："做农夫，要做第一流的农夫；想写文章，要写第一流的文章；要做人，要做第一等人。"然后觉得自己

太严肃了，就说："如果要做流氓，也要做大尾的流氓啊！"然后父子两人相顾大笑，笑出了眼泪。

我多么怀念父亲那时的笑。

也期待再看父亲的笑。

宁　静　海

　　孩子从学校带回一盒蚕宝宝。据他说，现在学校里流行养蚕，几乎人手一盒。

　　面对那些纯白的小生命，我感到烦恼了，因为养蚕的事看来容易，实践却很难。我童年的时候养过许多次蚕，最后几乎都注定了失败的命运，并不是蚕养不活，而是长大以后它吐茧结蛹，羽化为蛾，生出更多的小蚕，繁殖得太快，不是桑叶不够吃，就是没地方放置，最后，总是整盒带到郊外的桑树上放生。

　　那时候山里的桑树很多，甚至我家的后院都有几棵桑树，通常我们都是去山里采桑叶，只在不得已的情况下才摘家里的。

　　想一想，在桑叶那么充沛的时候，养蚕都会失败，何况是现在呢？

　　孩子养蚕的桑叶是买自学校的福利社，一包十元，回来后他把桑叶冰在冰箱里免得枯萎，我看他忙得不亦乐乎，却想到，万一学校福利社的桑叶缺货呢？

果然，没有多久，一天孩子满头大汗地从学校回来说："爸！糟了！天下大乱了！学校的桑叶缺货！"那天下午，我带他到台北市郊几个可能有桑树的地方去，都找不到一棵桑树，黄昏回程的时候，他垂头丧气地坐在车里，突然眼睛一亮："爸爸，我们用别的树叶试试！"

"没有用的，千百年来蚕就是吃桑叶长大的，它不可能吃别的叶子。"我说。

孩子说："真的饿死也不吃别的树叶吗？我不信！"

"那么，你试试看！"

孩子兴奋地把家里种的树叶各摘下一片，把冰箱里的菜叶也找来了，不管他放下什么叶子，蚕总是无动于衷，甚至连动也不动一下，虽然它们看起来是那么饥饿，饿得快死了，也不肯动口尝尝别的叶子。

试过所有的叶子，孩子长叹一声："哎呀，这些蚕怎么这样想不开，吃几口别的树叶会死吗？"

他坐在那里发了半天呆，突然问我说："如果，如果，一只蚕从生下来就让它吃别的树叶，不让它吃一口桑叶，它会不会吃呢？"

"你试试看吧！"

为了寻求这问题的答案，他更乐于养蚕（幸好第二天福利社的桑叶就送来了）。蚕儿长大、成蛹、化蛾、产卵……当黑色像眼睫毛一样的小蚕孵化出来的那一刻，孩子就喂给它别的树叶，结果它们的固执和父母一样，连第一口都不肯吃。最后孩子不得不把桑叶放进去，它们立刻欢喜地开口大吃了。

小蚕对桑叶的固执执着，令我非常吃惊，它们的执着显然不是今生的习惯，而是来自遥远前世的记忆，否则不会连生平的第一口都那么执着。

面对蚕的执着，孩子学到了什么呢？他说："蚕的心，我们是不会知道的啦！"

是呀，蚕的心潜藏着轮回的秘密，孕育着业力的神秘，包覆着习气的熏习，或者是像海一样深不可测的。当然这些都无从查考，唯一可知的是它只吃桑叶（古今中外的蚕都如此），它只吐一种明亮、柔软、坚韧的丝（古今中外的蚕也都如此）。

世界的众生何尝不如此呢？每一个生命的内在世界都深奥一如海洋。以蚕的近亲飞蛾来说吧！它们世世代代寻火而扑，在火中殉身，永不疲厌，是为了什么？以蚕的远亲蝴蝶来说吧，同一品种的蝴蝶，花纹世世代代均不改变，甚至身上的斑点不会多一个或少一个；而它们世世代代只吃花蜜，不肯改一下口味，这是为什么呢？

众生都有不能破除的执着，小似无知的昆虫到大似灵敏的人，都是如此，众生的识执都有如海洋，广大，难以探测，不能理解。

在我们理想中的宁静、澄澈，深湛、光明的自性之海，要经过多么长远的时光，才能开显哪！

从一枚小小的桑叶，一只小小的蚕，我也照见了自己某些尚未破尽的烦恼。

清　欢

少年时代读到苏轼的一阕词，非常喜欢，到现在还能背诵：

> 细雨斜风作小寒，
> 淡烟疏柳媚晴滩，
> 入淮清洛渐漫漫。
> 雪沫乳花浮午盏，
> 蓼茸蒿笋试春盘，
> 人间有味是清欢。

这阕词，苏轼在旁边写着"元丰七年十二月二十四日，从泗州刘倩叔游南山"，原来是苏轼和朋友到郊外去玩，在南山里喝了浮着雪花沫乳花的小酒，配着春日山野的蓼菜、茼蒿、新笋，以及野草的嫩芽等等，然后自己赞叹着："人间有味是清欢！"

当时之所以能深记这阕词，最主要是爱极了后面这一句，因为试吃野菜的这种平凡的清欢，才使人间更有滋味。"清欢"是什么呢？"清欢"几乎是难以翻译的，可以说是"清淡的欢愉"，这种清淡的欢愉不是来自别处，正是来自对平静的、疏淡的、简朴的生活的一种热爱。当一个人可以品味出野菜的清香胜过了山珍海味，或者一个人在路边的石头里看出了比钻石更引人的滋味，或者一个人听林间鸟鸣的声音感受到比提笼遛鸟更感动，或者甚至于体会了静静品一壶乌龙茶比起在喧闹的晚宴中更能清洗心灵……这些就是"清欢"。

清欢之所以好，是因为它对生活的无求，是它不讲求物质的条件，只讲究心灵的品味。"清欢"的境界是很高的，它不同于李白的"人生在世不称意，明朝散发弄扁舟"那样的自我放逐；或者"人生得意须尽欢，莫使金樽空对月"那种尽情地欢乐。它也不同于杜甫的"人生有情泪沾臆，江水江花岂终极"这样悲痛的心事，或者"人生不相见，动如参与商；今夕复何夕，共此灯烛光"那种无奈的感叹。

我们活在这个世界上，有千百种人生，文天祥的是"人生自古谁无死，留取丹心照汗青"，我们很容易体会到他的壮怀激烈。欧阳修的是"人生自是有情痴，此恨不关风与月"，我们很能体会到他的绵绵情恨。纳兰性德是"人到情多情转薄，而今真个不多情"。我们也不难会意到他无奈的哀伤。甚至于像王国维的"人生只似风前絮，欢也零星，悲也零星，都作连江点点萍"。那种对人生无常所发出的刻骨的感触，我们也依然能够知悉。

可是"清欢"就难了！

尤其是生活在现代的人，差不多是没有清欢的。

你说什么样是清欢呢？我们想在路边好好地散个步，可是人声车声不断地呼吼而过，一天里，几乎没有纯然安静的一刻。

我们到馆子里，想要吃一些清淡的小菜，几乎是杳不可得，过多的油、过多的酱、过多的盐和味精已经成为中国菜最大的特色，端出来时让人吓一跳，因为菜上挤的沙拉比菜还多。

我们有时没有什么事，心情上只适合和朋友去啜一盅茶、饮一杯咖啡，可惜的是，心情也有了，朋友也有了，就是找不到地方，有茶有咖啡的地方总是嘈杂的，而且难以找到一边饮茶一边观景的处所。

俗世里没有清欢了，那么到山里去吧！到海边去吧！但是，山边和海湄也不纯净了，凡是人的足迹可以到的地方有了垃圾，就有了臭秽，就有了吵闹！

有几个地方我以前常去的，像阳明山的白云山庄，叫一壶兰花茶，俯望着台北盆地里堆叠着的高楼与人欲，自己饮着茶，可以品到茶中有清欢。像在北投和阳明山间的山路边有一个小湖，湖畔有小贩卖工夫茶，小小的茶几、藤制的躺椅，独自开车去，走过石板的小路，叫一壶茶，在躺椅上静静地靠着，有时湖中的荷花开了，真是惊艳一山的沉默。有一次和朋友去，两人在躺椅上静静喝茶，一下午竟说不到几句话，那时我想，这大概是"人间有味是清欢"了。

现在这两个地方也不能去了，去了只有伤心。湖里的不是荷花了，是漂荡着的汽水罐子，池畔也无法静静躺着，因为人比草多，石板也被踏损了。到假日的时候，走路都很难不和别人推挤，更别说坐下来喝口茶，如果运气更坏，会遇到呼啸而过的飞车党，还有带伴唱机来跳舞的青年，那时所有的感官全部电路走火，不要说清欢，连欢也不剩了。

要找清欢就一日比一日更困难了。

我当学生的时候，有一位朋友住在中和圆通寺的山下，我常常坐着颠踬的公车去找他，两个人便沿着上山的石阶，漫无速度地，走走、坐坐、停停、看看。那时圆通寺山道石阶的两旁，杂乱地长着朱槿花，我们一路走，顺手掐下一朵熟透的朱槿花，吸着花朵底部的花露，其甜如蜜，而清香胜蜜，轻轻地含着一朵花的滋味，心里遂有一种只有春天才会有的欢愉。

圆通寺是一座全由坚固的石头砌成的寺院，那些黑而坚强的石头坐在山里仿佛一座不朽的城堡。绿树掩映，清风徐徐，我们站在用石板铺成的前院里，看着正在生长的小市镇，那时的寺院是澄明而安静的，让人感觉走了那样高的山路，能在那平台上看着远方，就是人生里的清欢了。

后来，朋友嫁人，到国外去了。我去了一趟圆通寺。山道已经开辟出来，车子可以环山而上，小山路已经很少人走。就在寺院的门口摆着满满的摊贩，有一摊是儿童乘坐的机器马，叽里咕噜的童歌震撼半山，有两摊是打香肠的摊子，烤烘香肠的白烟正往那古寺的大佛飘去，有一位母亲因为不准她的孩子吃香肠而揍打着两个孩子，激烈的哭声尖吭而急促……我连圆通寺的寺门都没有进去，就沉默地转身离开。山还是原来的山，寺还是原来的寺，为什么感觉完全不同了，失去了什么吗？失去的正是清欢。

下山时心情是不堪的，想到星散的朋友，心情也不是悲伤，只是惆怅，浮起的是一阕词和一首诗，词是李煜的："高楼谁与上？长记秋晴望。往事已成空，还如一梦中！"诗是李觏的："人言落日是天涯，望极天涯不见家。已恨碧山相阻隔，碧山还被暮云遮。"那时正是黄昏，在都市烟尘蒙蔽了的落日中，真的看到了一种悲剧似的橙色。

我二十岁的时候，心情很坏的时候，就跑到青年公园对面的骑马场去骑马，那些马虽然因驯服而动作缓慢，却都年轻高大，有着光滑的毛色。双腿用力一夹，它也会如箭一般呼噜向前蹿去，急忙地风声就从两耳掠过。我最记得的是马跑的时候，迅速移动着的草的青色，青茸茸的，仿佛饱含生命的汁液。跑了几圈下来，一切恶的心情也就在风中、在绿草里、在马的呼啸中消散了。

尤其是冬日的早晨，勒着缰绳，马就立在当地，踢着长腿，鼻孔中冒着一缕缕的白气，那些气可以久久不散，当马的气息在空气中消弭的时候，人也好像得到了某些舒放了。

骑完马，到青年公园去散步，走到成行的树荫下，冷而强悍的空气在林间流荡着，可以放纵地、深深地呼吸，品味着空气里所含的元素，那元素不是别的，正是清欢。

最近有一天，突然想到了骑马，已经有十几年没骑了。到青年公园的马场时差一点没有吓昏，原来偌大的马场里已经没有一根草了，一根草也没有的马场大概只有台湾才有，马跑起来的时候，灰尘滚滚，弥漫在空气里的尽是令人窒息的黄土，蒙蔽了人的眼睛。马也老了，毛色斑驳而失去光泽。

最可怕的是，不知道什么时候在马场搭了一个塑胶棚子，铺了水泥地，其丑无比，里面则摆满了机器的小马，让人骑用，其吵无比。为什么为了些微的小利，而牺牲了这个马场呢？

马会老是我知道的事，人会转变是我知道的事，而在有其马的地方放机器马，在马跑的地方没有一株草则是我不能理解的事。

就在马场对面的青年公园，那里已经不能说是公园了，人比西门时还拥挤吵闹，空气比咖啡馆还坏，树也萎了，草也黄了，阳光也照灿烂了。我从公园穿越过去，想到少年时代的这个公园，心痛如绞，别说清欢了，简直像极了佛经所说的"五浊恶世"！

生在这个时代，为何"清欢"如此难觅？眼要清欢，找不到青山绿水；耳要清欢，找不到宁静和谐；鼻要清欢，找不到干净空气；舌要清欢，找不到蓼茸蒿笋；身要清欢，找不到清凉净土；意要清欢，找不到智慧明心。如果你要享受清欢，唯一的方法是守在自己小小的天地，洗涤自己的心灵，因为在我们拥有愈多的物质世界，我们的清淡的欢愉就日渐失去了。

现代人的欢乐，是到油烟爆起、卫生堪虑的啤酒屋去吃炒蟋蟀；是到黑天暗地、不见天日的卡拉 OK 去乱唱一气；是到乡村野店、胡乱搭成的土鸡山庄去豪饮一番；以及到狭小的房间里做方城之戏，永远重复着摸牌的一个动作……这些污浊的放逸的生活以为是欢乐，想起来毋宁是可悲的事。为什么现代人不能过清欢的生活，反而以浊为欢、以清为苦呢？

当一个人以浊为欢的时候，就很难体会到生命清明的滋味，而在欢乐已尽、浊心再起的时候，人间就愈来愈无味了。

这使我想起东坡的另一首诗来：

梨花淡白柳深青，柳絮飞时花满城。

惆怅东南一枝雪，人生看得几清明！

苏轼凭着东栏看着栏杆外的梨花，满城都飞着柳絮时，梨花也开了遍地，东栏的那株梨花却从深青的柳树间伸了出来，仿佛雪一样的清丽，有一种惆怅之美，但是，人生，看这么清明可喜的梨花能有几回呢？这正是千古风流人物的性情，这正是清朝大画家盛大士在《溪山卧游录》

中说的："凡人多熟一分世故，即多一分机智。多一分机智，即少却一分高雅。""山中何所有？岭上多白云，只可自怡悦，不堪持赠君，自是第一流人物。"

第一流人物是什么人物？

第一流人物是在清欢里也能体会人间有味的人物！

不要指着月亮发誓

"我指着那把树梢涂了银色的圣洁的月亮发誓——"

"啊！不要！不要指着月亮发誓，月亮变化无常，每月有圆有缺，你的爱也会发生变化。"

"那我指着什么发誓呢？"

"根本不要发誓，如果你一定要发誓，就指着你那惹人心动的自身起誓好了，那是我崇拜的偶像，我会相信你的。"

这是莎士比戏剧里，罗密欧与朱丽叶的一段对白，当罗密欧对着月亮起誓的时候，被朱丽叶制止了，因为在她的眼中月有阴晴圆缺，一点也不可靠，反而"自身"比月亮还要可信任。后来罗密欧说："你还没有说出你的爱情的忠诚誓约和我交换呢！"

"在你还没有要求的时候，我已经把我的誓言给你了。"朱丽叶动人地说：“但是我想要的只是现在我所有的这点爱情。”

朱丽叶回家时，罗密欧看着她美丽的背影，说：“我生怕这一切都是梦，太快活如意，怕不是真的。”

梁实秋先生过世了，我找出他翻译的《莎士比亚全集》重读，随意翻到《罗密欧与朱丽叶》，看到这一段颇有感触，尤其人到中年更感觉到“一切都是梦”了。

我从前读过几次这本书，并不是特别喜欢，正如剧中的劳伦斯修道士说的：“最甜的蜜固然本身是味美的，可是不免有一点腻，吃起来要倒胃口。”罗密欧与朱丽叶的爱就像这样，太甜腻了。我的情感观念比较接近劳伦斯说的：“所以要温和的爱，这样方得久远；太快和太慢，其结果是一样迟缓。”

每个人在年轻时候，多少有一点罗密欧与朱丽叶的激情，在梦与醒的边缘、在爱与恨的分际挣扎。爱的时候，不要说对自己、对月亮起誓了，甚至对着皇天后土、宇宙洪荒起誓，恨不能把自己切成一片片放在爱人面前来表明心迹；可是激烈的情爱也导致深刻的仇恨，很少人能在爱人离开时抱着宽容与感激的心情，大多数人都恨不得把负心的人切成一片片来祭祀自己情感的伤痕。

这使我们明白：爱与恨是同一本质的事物，人人都说罗密欧与朱丽叶是个悲剧，但他们到死的那一刻都还坚心相爱，因此他们不是最惨痛的悲剧，从激情的爱转成激烈的恨的情侣才是最惨痛悲苦的。在“风涛泪浪、交互激荡”的失恋的人，想到从前指着月亮发誓的场面，每一次想到所受的折磨都仿佛是死过一回，从这个观点来看，罗密欧与朱丽叶算什么悲剧呢？简直是值得羡慕的团圆了。

在莎士比亚的眼中，爱与恨有一条直通的捷径，也可以说是相似的事物，他透过剧中的劳伦斯修道士说：

> 啊！草、木、矿石，如果使用得当，
> 都含有很多的伟大的力量：
> 世上没有东西是如此地卑贱，
> 以致对于世界毫无贡献，
> 同时物无全美，如果使用不善，
> 也会失去本性，惹出祸端；
> 误用起来，善会变成为恶，
> 好好利用，有时恶亦有好结果。
> 这朵小花的嫩苞含有毒性，
> 也能用以治疗某种疾病：
> 这花只要一嗅，香气贯通全身；
> 口尝一下便能麻痹一个人的心。
> 人与药草原是一样，
> 内中有善有恶，互争雄长，
> 恶的一面如果占了上风，
> 死亡很快地要把那植物蛀空。

同时，在《罗密欧与朱丽叶》中也说明了爱与恨都不是永恒的事物，它终有结束之日。爱虽使人说出："你的眼睛比他们二十把剑还要厉害，你只要对我温柔，我不怕他们的敌意"；也让人感受到："一个情人可以跨上夏日空中荡飘的游丝而不会栽下来"；可是，莎士比亚也说："爱神的样子很温柔，行起事来却如此地粗暴"。"爱情是叹息引起的烟雾，散消之后便有火光在情人眼里暴露；一旦受阻，便是情人眼泪流成的海。"

看清爱与恨在人生中的实相，对我们坚定的步伐是有帮助的，被恨淹没的人是多么愚痴，但被爱所蒙蔽的人不也是一样无知的吗？如果我们能以清明的心来对待爱，并且以更超越的爱来宽恕失落的情意，才能让我们登高，看到人生中更高明的境界。

不要指着月亮发誓，因为月有阴晴圆缺；如果要发誓，请对着自己发誓——让我们真诚对待人间的一切情爱吧！尽我的所能不去伤害对方，不伤害自己！让爱或恨都能升华，化成我生命中坚强的力量。

发芽的心情

　　有一年，我在武陵农场打工，为果农收获水蜜桃与水梨。那时候是冬天，清晨起来要换上厚重的棉衣，因为山中的空气格外有一种清澈的冷，深深呼吸时，凉沁的空气就涨满了整个胸肺。

　　我住在农人的仓库里，清晨挑起箩筐到果园子里去，薄雾正在果树间流动，等待太阳出来时再往山边散去。在薄雾中，由于枝丫间的叶子稀疏，可以清楚地看见那些饱满圆熟的果实，从雾里浮现出来，青鲜的、还挂着夜之露水的果子，如同刚洗过一个干净的澡。

　　雾掠过果树，像一条广大的河流般，这时阳光正巧洒下满地的金线，果实的颜色露出来了，梨子透明一般，几乎能看见表皮内部的水分。成熟的水蜜桃有一种粉状的红，在绿色的背景中，那微微的红，如鸡心石一样，流动着一棵树的血液。

我最喜欢清晨曦光初见的时刻。那时，一天的劳动刚要开始，心里感觉到要开始劳动的喜悦，而且面对一片昨天采摘时还青涩的果子，经过夜的洗礼，竟已成熟了，可以深切地感觉到生命的跃动，知道每一株果树全都有着使果子成长的力量。我小心地将水蜜桃采下，放在已铺满软纸的箩筐里，手里能感觉到水蜜桃的重量，以及那充满甜水的内部质地。捧在手中的水蜜桃，虽已离开了它的树枝，却像一株果树的心。

采摘水蜜桃和梨子原不是粗重的工作，可是到了中午，全身几乎已经汗湿，中午冬日的暖阳使人不得不脱去外面的棉衣。这样轻微的劳作，为何会让人汗流浃背呢？有时我这样想着。后来找到的原因是：水蜜桃与水梨虽不粗重，但它们那样容易受伤，非得全神贯注不可——全神贯注也算是我们对大地生养的果实应有的一种尊重吧！

才一个月的时间，我们差不多把果园中的果实完全采尽了，工人们全部放工，转回山下，我却爱上了那里的水土，经过果园主人的准许，答应让我在仓库里一直住到春天。能够在山上过冬是我意想不到的，那时候我早已从学校毕业，正等待着服兵役的征集令，由于无事，心情差不多放松下来了。我向附近的人借到一副钓具，空闲的时候，就坐客运车到雾社的碧湖去徜徉一天，偶尔能钓到几条小鱼，通常只是饱览了风景。

有时候我坐车到庐山去洗温泉，然后在温泉岩石上晒一个下午的太阳；有时候则到比较近的梨山，在小街上散步，看那些远从山下爬上来赏冬景的游客。夜间一个人在仓库里，生起小小的煤炉，饮一壶烧酒，然后躺在床上，细细地听着窗外山风吹过林木的声音，深深觉得自己是完全自由的人，是在自然中与大地上：工作过、静心等候春天的人。

采摘过的果园并不因此就放了假，果园主人还是每天到园子里去，做一些整理剪枝除草的工作，尤其是剪枝，需要长期的经验与技术，听说光是剪枝一项，就会影响明年的收成。我的四处游历告一段落，有一天到园子去帮忙整理，我所见的园中景象令我大大吃惊。因为就在一个月前曾结满累累果实的园子，这时全像枯萎了一般，不但没有了果实，连过去挂在枝干尾端的叶子也都凋落净尽，只有一两株果树上，还留着一片焦黄的、在风中抖颤着随时要落在地上的黄叶。

园中的落叶几乎铺满地，走在上面窸窣有声，每一步都把落叶踩裂，碎在泥地上。我并不是不知道冬天的树叶会落尽的道理，但是对于生长在南部的孩子，树总是常绿的，看到一片枯树反而觉得有些反常。

我静静地立在园中，环目四顾，看那些我曾为它们的生命、为它们的果实而感动过的果树，如今充满了肃杀之气，我不禁在心中轻轻叹息起来。同样的阳光、同样的雾，却洒在不同的景象之上。

曾经雇用过我的主人，不能明白我的感伤，走过来拍我的肩，说："怎么啦？站在这里发呆？""真没想到才几天的工夫，叶子全落尽了。"我说。"当然了，今年不落尽叶子，明年就长不出新叶；没有新叶，果子不知道要长在哪里呢！"园主人说。

然后他带领我在园中穿梭，手里拿着一把利剪，告诉我如何剪除那些已经没有生长力的树枝。他说那是一种割舍，因为长得太密的枝丫，明年固然能结出许多果子，但一棵果树的力量是有限的，太多的树枝可能结出太多的果，却会使所有的果都长得不好，经过剪除，就能大致把握明年的果实。我虽然感觉到那对一棵树的完整有伤害，但作为一棵果树，不就是为了结果吗？为了结出更好的果，母株总要有所牺牲。

看到有些拇指粗细的枝丫被剪落，还流着白色的汁液，我说："如果不剪枝呢？"

园主人说："你看过山地里野生的芭乐吗？它的果子一年比一年小，

等到树枝长得过盛，根本就不能结果了。"

我们在果园里忙碌地剪枝除草，全是为了明年的春天做准备。春天，在冬日的冷风中，感觉像是十分遥远的日子，但是拔草的时候，看到那些在冬天也顽强抽芽的小草，似乎春天就在那深深的土地里，随时等候着涌冒出来。

果然，我们等到了春天。其实说是春天还嫌早，因为气温仍然冰冷一如前日。我去园子的时候，发现果树像约定好的一样，几乎都抽出绒毛一样的绿芽，那些绒绒的绿昨夜刚从母亲的枝干挣脱出来，初面人世，每一片都绿得像透明的绿水晶，抖颤地睁开了眼睛。我尤其看到初剪枝的地方，芽抽得特别早，也特别鲜明，仿佛是在补偿着母亲的阵痛。我在果树前深深地受了感动，好像我也感觉了那抽芽的心情。那是一种春天的心情，只有在最深的土地中才能探知。

我无法抑制心中的兴奋与感动，每天第一件事就是跑去园子，看那些喧哗的芽一片片长成绿色的叶子，并且有的还长出嫩绿的枝丫，逐渐在野风中转成褐色。有时候，我一天去看好几次，感觉在黄昏的落日里，叶子长得比黎明时要大得多。那是一种奇妙的观察，确实能知道春天的讯息。春天原来是无形的，可是借着树上的叶、草上的花，我们竟能真切地触摸到春天——冬天与春天不是像天上的两颗星那样遥远，而是同一株树上的两片叶子，那样密切地跨步走。

我离开农场的时候，春阳和煦，人也能感觉到春天的触摸。园子里的果树也差不多长出一整树的叶子，但是有两株果树却没有发出新芽，枝丫枯干，一碰就断落，它们已经在冬天里枯干了。果园的主人告诉我，每一年，过了冬季，总有一些果树就那样死去了，有时连当年结过好果实的树也不例外。他也想不出什么原因，只说："果树和人一样，也有寿命，短寿的可能未长果就夭折，有的活了五年，有的活了十几年，真是说不准。奇怪的是，果树的死亡没有什么征兆，有的明明果子长得好好的，却就那样死去了……"

"真奇怪，这些果树是同时播种，长在同一片土地上，受到相同的照顾，品种也都一样，为什么有的冬天以后就活不过来呢？"我问着。

我们都不能解开这个谜题，站在树前互相对望。夜里，我为这个问题而想得失眠了。果树在冬天落尽叶子，为何有的在春天不能复活呢？园子里的果树都还年轻，不应该这样就死去！

"是不是有的果树不是不能复活，而是不肯活下去呢？就像一些人失去了生的意志而自杀了？或者说，在春天里发芽也要心情，那些强悍的树被剪枝，就用发芽来补偿，而比较柔弱的树被剪枝，则伤心地失去了春天的期待与心情。树，是不是有心情的呢？"我这样反复地询问自己，知道难以找到答案，因为我只能看到树的外观，不能了解树的心情。就像我从树身上知道了春的讯息，但我并不完全了解春天。

我想到，人世里的波折其实也和果树一样。有时候我们面临冬天的肃杀，却还要被剪去枝丫，甚至流下了心里的汁液。那些懦弱的人，就不能等到春天，只有永远保持春天的心情等待发芽的人，才能勇敢地过冬，才能在流血之后还能满树繁叶，然后结出比剪枝以前更好的果实。

多年以来，我心中时常浮现出那两株枯死的水蜜桃树，尤其是受到无情的波折与打击时，那两株原本无关紧要的桃树，它们的枯枝就像两座生铁的雕塑，从我的心房中撑举出来，我对自己说："跨过去，春天不远了，我永远不要失去发芽的心情。"果然，我就不会被冬寒与剪枝击败，虽然有时静夜想想，也会黯然流下泪来，但那些泪，在一个新的春天来临时，往往成为最好的肥料。

掌中宝玉

一位想学习玉石鉴定的青年，听说在远处有一位老年的玉石家，他就不远千里地去向老师傅学艺。

当他见到老师傅，说明了自己学玉的志向，希望有一天能像老师傅一样成为众人仰佩的专家。老师傅拿一块玉给他，叫他捏紧，然后开始给他上中国历史的课程，从三皇五帝夏商周开始讲，讲了几个小时，却一句也没有提到玉。

第二天他去上课，老师傅仍然交给他一块玉叫他捏紧，又继续讲中国历史，一句也不提玉的事。就这样，光是中国历史就讲了几个星期。接着，他向年轻人讲中国的风土人文、哲学思想，甚至生命情操，除了玉石的知识之外，老师傅几乎什么都讲授了。

面且，每天他都叫那个青年捏紧一块玉听课。

经过几个月以后，青年开始着急了，因为他想学的是玉，没有想到却学了一大堆无用的东西，有一天他终于鼓起勇气，希望向老师表明，请老师开始讲玉的学问。

他走进老师的房间，老师仍照往常一样交给他一块玉，叫他捏紧，正要开始谈天的时候，青年大叫起来："老师，您给我的这一块，不是玉！"老师笑起来说："你现在可以开始学玉了。"

这是一位收藏玉的朋友讲给我听的故事，有非常深刻的启示。对于学玉的人，要成为玉石专家，不能光是看石头本身，因为玉石与中国文化是不可分的，没有深厚的文化素养，不可能懂玉。所以老师不先教玉，而是先做文化通识的教化。其次，进入玉的世界第一步，是分辨是不是玉，这种分辨不只是知识的累积，常常是直觉的反应。

如果我们把这个故事往人生推进，也可以找到许多深思的角度，一是学习任何事物而成为专家都不是容易的事，必须经过很长时期的训练。二是在成为专家之前，需要通识教育，如果作为中国专家，就要先对历史、人文、哲学、思想、性格有基本的识见，否则光是懂一些普通技术有何意义？三是成为专家的第一步，应该有基本的判断，有是非之观、明义利之辨、有善恶之分，就如同掌中的宝玉，凭着直觉就知道为与不为，这才可以说是进入知识分子的第一步了。

这世界上任何有价值的智慧，都不是老师可以一一传授的，完全靠自己的体会，老师能给我们宝玉，能不能分辨宝玉却要靠自己，那是由于宝玉不仅在掌中，也在心中。

每个人的心灵都有一块宝玉，只是没有被开发，大部分的人不开发自己的宝玉，却羡慕别人手上的玉，就如同一只手隐藏了原有的玉，又伸手向别人要宝物一样，最后就失去了理想的远景和心灵的壮怀了。

　　所以，每天把自己的玉捏一捏，久而久之，不但能肯定自己的价值，也能发现别人的美质，甚至看见整个世界都有着玉石与琉璃的质感。

莲花与冰冻玫瑰

莲　花

他们都爱莲花。

学生时代，他们一听到什么地方种了莲花，总是不辞路远跑去看莲花，常常坐在池塘岸边看莲看得痴迷，总觉得莲花不管什么样的情况都是美的。

初开的有初开的美，盛放的有盛放的美，即使那将残未谢的，也有一种温柔而凄清的美丽。

有时候季节不对，莲花不开，也觉得莲叶有莲叶的清俊，莲蓬也有莲蓬的古朴。她常自问：为什么少女时代的眼中，莲花有着永远的美丽呢？后来知道也许是爱情的关系，在爱情里，看什么都是美的，虽然有时不知美在何处。

几次坐在池边，他总轻轻牵起她的手，低声地说："我们可以不要名利财富，以后只要在院子里种一池莲花，就那样地过一辈子。我可以在莲花池边为你写一辈子的诗。"

他甚至在私下把她的小名取作"莲花"，说是在他的眼中他永远看见一池的莲，而她的声音正像是莲花初放那一刻的声音。

学生时代他早就是小有名气的诗人了，每天至少写一首诗送她，有时一天写几首，那真像一池盛放的红莲，让她觉得是他的一池莲中最美的一朵。

但她不是唯一的一朵，她知道自己怀孕的时候，他正在外岛服役，她高兴地写信给他说："我们将会有一朵小莲花。"没想到从此却失去了他的消息。

最后，她把小莲花埋葬在妇科医院的手术台上。

她结婚以后，央求丈夫在前院里开了一个大池塘，种的就是莲花。她细心地无微不至地照顾那一池莲花，真正地看着莲花抽芽拔高，逐渐结出粉红色花苞；而那样纯粹专一地养着莲花，竟使她生出一种奇异的报复的情愫，每当工作累了后，她就从书房角落的锦盒取出他写过的一沓诗来，一边回味着当年看莲花的心情，一边就看着窗外暗影浮动的莲花，自己感觉到那些优美而稚嫩的诗句已随着当年的莲花在记忆里落葬，而眼前，正是一畦新莲，长在另一片土地上，开在另一种心情上。

有时未免落下泪来，为的是她竟默默在实践着少年时代他所留下来的誓言，唯一慰藉自己的是：他讲这誓言的当时应该是充满真挚的吧。

她有着一种无比的母亲的宽容，逐渐地原谅他的离去，她感觉自己的宽容，像水面的莲叶那样巨大，可以覆盖池中游着的鲤鱼。

她手植的莲花终于完全盛开了，她的丈夫也为此而惊叹起来，对她说："我听说，莲花是很难种植的花，必须有无比的坚忍和爱才能种起来，没想到你真的种成了。"她微笑着，默默饮着去年刚酿成的红葡萄酒，丈夫初尝她做的酒，对着满院的莲花说："你这酒里放的糖太少了，有点酸哩！今年可要多放点糖。"她也只是笑，做这酒时有一点恶戏的心情，就像她种莲花时的心境一样。

莲花结成莲蓬，她收成的时候，手禁不住微微地抖颤着，黑色的莲蓬坚实地保卫着自己心中的种子。她用小刀把莲蓬挑开，将那晶莹如白玉的莲子一粒粒地挖出来，放在收藏他的诗信的锦盒上，莲子那样清洁那样纯净，就像珠贝里挖出的珠，在灯光下，有一种处女的美丽，还流动着莲花的清明的血。

她没有保存那些莲子，却炖了一锅莲子汤，放了许多许多的冰糖，等待丈夫回来。

丈夫只喝了一口，就扑哧吐了一地，深深皱着眉头问她："这莲子汤怎么苦成这样？"她惊得赶忙喝了一口莲子汤，硬生生地吞了下去，一股无以形容的苦流过她的舌尖，流过喉咙，而在小腹里燃烧。

看她受惊，丈夫体贴地牵起她的手说："莲子里有莲心的，莲心是世上最苦的东西，要先剥开莲子，取出莲心，才可以煮汤。"

她捞起一颗莲子剥开，果然发现翠绿色的莲心，像一条虫蛰伏在莲子里面，为此她深深地自责起来，为什么以前她竟不知世上有莲心这种东西。

丈夫拿起桌上的莲心说："也有人用莲子来形容爱情，爱情表面上看起来是莲子一样，洁白、高贵、清纯，可是剥开以后，有细细的莲心，是世上最苦的东西。如果永远不去吃它，不剥开它，莲子真是世界上最美的果实呢！"

她终于按捺不住，哇啦一声痛哭起来，腹中莲子汤的苦汁翻涌着成为她的泪水。那时候她才知道她永远不会忘记陪她看过莲花的人，那个人不只带她看了莲花，还让她是莲子里那一条细长的莲心，十几年后还饮着自己生命的苦汁。

冰冻玫瑰

他认识一个长辈，五十余岁的人了，看起来像刚三十岁的少妇，她的脸还有少妇一样光灿的神采，由于擅于保养的关系，她的身材才维持着可能在他还没有出生以前就有的身材。

每次去看她的时候，他就真正知道时间和岁月并不是多么可怕的东西，总还有抗衡的余地。她是战胜了时间，至少，是和时间拔河，而后来二十年并没有失去。

她独自居住在一栋巨大的房子里，他每次去，看她坐在窗口，阳光从她脸上抚过，觉得她真是有一种不可言喻的美，不只她的脸美丽一如少妇，她的眼睛格外有闪亮的光华，只是她微微布着皱纹的唇角有一种智慧，是少妇不可能有的，虽然他并不明白那是如何的智慧。

她常常请他去谈艺术，喝着她从国外带回来的伏特加酒，那酒看起来清淡如水，饮着，微微有一种苦意，喝入腹中则浓浓地烧灸起来，可以感觉它在血管中流动的速度。他是善饮的人，因此总是劝她少量地饮，但她饮了酒以后却生出一种连少妇都不能有的明媚，一如少女，谈着她对人生未来的期待，她还没有完成的艺术之梦，她对情爱的憧憬。听着的时候总令他忘记她的年纪，深深地为未来的美而感动不已。

有一天清晨，他去探望她，路过一家花店，看到红色的玫瑰开得正盛，就挑了九十九朵玫瑰去送给她，对她说："青春长久。"她接过玫瑰后默然不语，把它们插在一个巨大的盆子里。然后他们坐在玫瑰花边，她涌出明亮的泪水，对他说："已经有十年，没有人送过我玫瑰花了。"

她流着泪，说起了她的一生，三次失败的婚姻，十余次还可以记忆的爱情，以及数千个寂寞凄清的异国之夜，说到最后，她幽幽地说："我的大儿子正好和你同年，看到你，我总是想起自己的孩子。"他陪着她饮完一整瓶伏特加酒，自己的脸上爬满了泪痕，他们相拥痛哭，她拍着他的肩说："孩子，不要哭，孩子，不要哭……"声音喃喃，犹如清晨破窗而入的阳光。

她擦干泪水，微笑地对他说："青春不是玫瑰，青春是伏特加酒，看起来不怎么样，喝光的时候，才知道它的后劲蛮强的。你是送我玫瑰花的孩子，我会永远记念着你。"她醉了，靠在窗口睡着了，他不敢惊动她，看着她泪痕犹湿的侧脸，好像自己已经陪着她，从她的幼年时代，一齐经历了一个大时代的变乱，还有无数充满了美丽和哀愁的故事。她像他的母亲一样，带他走过了一个巨大的园林，看到许多尚未愈合的伤口，这些伤口，他们认识五年，她从来没有说过，仅仅是一束玫瑰花，每一朵都有一个故事。

隔了一个星期，他去看她。她进屋不久端出来一盆玫瑰，是他送给她的，却还新鲜如昔，花瓣上还有初摘时一样的水珠，她说："你看，你带来的玫瑰还没有谢哩！"他惊奇地说："呀！没有玫瑰能维持这么久。"

"我把它冰在冰箱里，在冰箱里的玫瑰可以活两个星期以上。"她微笑着说："你看我的时候，是不是觉得我永远不会老？不是的，我只是冰冻起来，把我的青春和爱情冰冻起来，让它不至于变化，但是再长就不行了，在冰箱里的玫瑰，放久了，也会谢的。"

那一刻，他才体会到她真是老了，一个年轻的少女不会有把玫瑰冰冻起来的心思，那样无奈，那样绝望。

她似乎猜中他的心思，对他说："其实，我最后的岁月这样准备着：我还要轰轰烈烈地爱一次，我少女的时候曾爱过，但不知道怎么去爱，后来我知道了怎么去爱，人却已经过了中年。现在如果我有一次新的爱情，我将全心全意地，把整个人生奉献出去，当这个心愿完成的时候，我一定会在一夜间死去，中年人真心地去爱是会耗尽心力的。就像一株竹子，每一株竹子一生只准备开一次花，年轻的时候，竹子不知道怎么开花，等到它会开花的时候就一次怒放，开完花就死去了。"

他们谈到了爱情，她的结论是这样简单：一个人一生真正的爱只有一次，我觉得我的那一次还没有到来。

他终于知道她为什么总也不老的原因，那是她把二十年的青春冰冻起来，准备着最后一次的殉情，所以她不会老。他知道：她在他的心里是永远不会老的。

后来她出国了，他路过她的住家附近时，总是为她祈祷，为着青春与爱的不死祈祷。想念她时就记起她说的："一朵昙花只开三小时，但人人记得它的美，一片野花开了一生，却没有人知道它们，宁可做清夜里教人等待的昙花，不要做白日寂寞死去的野花。"

智慧是我耕的犁

有一天，佛陀到了一座名叫一那罗的村落乞食，走到一个婆罗门农夫的农田附近。那时已近中午了，婆罗门农夫正在分送食物给五百位犁田的工人，看到佛陀正托钵远远走来，他故意为难地对佛陀说："瞿昙（佛陀的名字）！我今天努力地耕田下种，才能得到食物，你也应该像我一样耕田下种，才有资格得到食物哇！"

佛陀听了并不生气，他回答道："我也是耕田下种来得到我的饮食呀！"

婆罗门说："我们从来没有人看到过你下田耕作，你说你也下田，那么，你的犁在哪里？你的牛在哪里？你的轭、你的镵、你的牛鞭又在哪里？你又是播什么种子呢？你是如何耕田的呢？"对于咄咄逼人的婆罗门，佛陀以一种极宽容慈悲的态度来面对，他对婆罗门和围聚在旁边的工人说了一首偈：

信心为种子，苦行为时雨；

智慧为犁轭，惭愧心为辕。

正念自守护，是则善御者；

包藏身口业，如食处内藏。

真实为其乘，乐住无懈怠；

精进无废荒，安稳而速进；

直往不转还，得到无忧处。

如是耕田者，逮得甘露果；

如是耕田者，不还受诸有。

这首偈非常优美，同时也说出了佛陀的基本教化和精神，译成白话是：

信心是我播的种子，苦行是灌溉的雨水；

智慧是我所耕的犁，惭愧心是我的车辕。

我以正念守护自身，如同驾驭我的耕牛；

抑制身口意的恶业，就像在我田里除草。

我用真实作为车乘，乐住其中而不懈怠；

精进耕作而不荒废，并且安稳快速前进；

我一直前进不退转，到达了无忧的所在。

这才是真正的耕田，能耕植出甘露果实；

这才是真正的耕田，不再受轮回的痛苦。

佛陀说完这首偈，婆罗门大为感动，禁不住赞叹说："您才是世界上最会耕田的人哪！"于是盛满了最香美的食物供食佛陀，佛陀没有接受他的食物，说："不因说法故，受彼食而食；但为利益他，说法不受食。"因为在佛制里，说法是纯粹利益他人的行为，不能为了食物而说法。

　　这个故事出自《杂阿含经》，是佛陀所说的"耕心田之法"，也明白说出"比丘"和"乞丐"的不同。在佛陀的时代，比丘固然以乞食延续生命，却不同于一般的乞食者。所谓"比丘"，就是上从如来乞法以练神，下就俗人乞食以资身，俗世乞人只乞衣食不乞法，所以不能称为比丘。

　　从前，佛陀在舍卫国乞食的时候，遇到一位年老的乞丐，乞丐就说："佛陀摄杖持钵乞食，我应该也算比丘了。"佛陀就为他说了一首偈："所谓比丘者，非但以乞食；受持在家法，是何名比丘？于功德过恶，俱离修正行；其心无所畏，是则名比丘。"老乞丐听了大有所悟，终于从乞者成为比丘。

　　在这个世界上，我们不能完全不依赖别人而独自活存，因此必须怀着宽容与感恩的心情。从前，大部分人是农夫，他们可以坦然地说是自耕自食，现在只有少部分的人是农夫，大部分人都不能亲自到田里播种和耕田了，我们究竟凭什么受食而不感到惭愧呢？

　　我想，每个人都应该回到自我，先来耕自己的心田，播种信心、开发智慧、精进努力，追求真实的自我、拔除妄念的杂草，这样才能不愧于天地的养育，坦然地前进哪！

横过十字街口

　　黄昏走到了尾端，光明正以一种难以想象的速度自大地撤离，我坐在车里等红绿灯，希望能在黑夜来临前赶回家。

　　在匆忙地通过斑马线的人群里，我们通常不会去注意行人的姿势，更不用说能看见行人的脸了，我们只是想着，如何在绿灯亮起时，从人群前面呼啸过去。

　　就在行人的绿灯闪动、黄灯即将亮起的一刻，从斑马线的一端出现了——一个特别的人影，打破了一整个匆忙的画面。那是一个中年的极为苍白细瘦的妇人，她得了什么病我并不知道，但那种病偶尔我们会在街角的某一处见到，就是全身关节全部扭曲，脸部五官通通变形，不管走路或停止的时候，全身都在甩动的那一种病。

　　那个妇人的不同是，她病得更重，她全身扭成很多褶，就好像我们把一张硬纸揉皱丢在垃圾桶，捡起来再拉平的那个样子。她抖得非常厉害，如同冬天在冰冷的水塘捞起来的猫抽动着全身。

当她走起来的时候，我的眼泪不能自禁地顺着眼角流了下来。

我不知道自己为何落泪，但我宁可在眼前的这个妇人不要走路，她每走一步就往不同的方向倾倒过去，很像要一头栽到地上，而又勉力地抖动绞扭着站起，再往另一边倾倒过去。她全身的每一根骨头、每一条筋肉都不能平安地留在应该在的地方，而她的每一举步之艰难，就仿佛她的全身都要碎裂在人行道上。她走的每一步，都使我的心全部碎裂又重新组合，我从来没有在一个陌生人的身上，经历过那种重大的无可比拟的心酸。

那妇人，她的手还努力地抓住一条绳子，绳子的另一端系在一条老狗的颈上，狗比她还瘦，每一根肋骨都从松扁的肚皮上凸了出来，而狗的右后脚折断了，吊在腿上，狗走的时候，那条断脚悬在虚空中摇晃。但狗非常安静有耐心地跟着主人，缓缓移动。这是多么令人惊吓的景象，仿佛把全世界的酸楚与苦痛都在一刹那间，凝聚在病妇与跛狗的身上。

她们一步步踩着我的心走过，我闭起眼睛，也不能阻住从身上每一处血脉所涌出的泪。

我这条路上的绿灯亮了，但没有一个驾驶人启动车子，甚至没有人按喇叭，这是极少有的景况。在沉寂里，我听见了虚空无数的叹息与悲悯，我相信面对这幅景象，世上没有一个人忍心按下喇叭。

妇人和狗的路上红灯亮了，使她显得更加惊慌，她更着急地想横越马路，但她的着急只能从她的艰难和急切的抖动中看出来，因为不管她多么努力，她的速度也没有增加。从她的脸上也看不出什么，因为她的五官没有一个在正确的位置上，她一着急，口水竟从嘴角涎落了下来。

我们足足等了一个新的红绿灯，直到她跨上对街的红砖道，才有人踩下油门，继续奔赴到目的地去，一时之间，众车怒吼，呼啸通过。这巨大的响声，使我想起刚刚那一刻，在和平西路的这一个路口，世界是全然静寂无声的，人心的喧闹在当时当地，被苦难的景象压迫到一个无法动弹的角落。

　　我刚过那个路口不久，天色就整个暗淡下来，阳光已飘忽到不可知的所在，回到家，我脸上的泪痕还未完全干去。坐在饭桌前面，我一口饭也吃不下，心里全是一个人牵着一条狗从路口，一步一步，倾斜颠踬地走过。

　　这个世界的苦难，总是不时地从我们四周跑出来，我们意识到苦难，却反而感知了自己的渺小、感知了自己的无力。我们心心念念想着，要拯救这个世界的心灵，要使人心和平清净，希望众生都能从苦痛的深渊超拔出来，走向光明与幸福；然而，面对着这样瘦小变形的妇人与她的老弱跛足的狗时，我们能做什么呢？世界能为她做什么呢？

　　我感觉，在无边的黑暗里，我们只是寻索着一点点光明，如果我们不紧紧踩着光明前进，马上就会被黑暗淹没。我想起《楞严经》里的一段，佛陀问他的弟子阿难："眼盲的人和明眼的人处在黑暗里，有什么不同呢？"

　　阿难说："没有什么不同。"

　　佛陀说："不同，眼盲的人在黑暗里什么也看不见，但明眼的人在黑暗里看见了黑暗，他看见光明或黑暗都是看见，他的能见之性并没有减损。"

　　我看见了，但我什么也不能做，我帮不上一点黑暗的忙，这是使我落泪的夜里，我一点也不能进入定境，好像自己正扭动颤抖地横过十字街口，心潮澎湃难以静止，我没有再落泪，泪在全身的血脉中奔流。

木炭与沉香

　　有一位年老的富翁，非常担心他从小娇惯的儿子，虽然他有庞大财产，却害怕遗留给儿子反而带来祸害。他想，与其将财产留给孩子，还不如教他自己去奋斗。

　　他把儿子叫来，对儿子说了他如何白手成家，经过艰苦的考验才有今天，他的故事感动了这位从未走出远门的青年，激发了奋斗的勇气，于是青年发誓：如果不找到宝物决不返乡。

　　青年打造了一艘坚固的大船，在亲友的欢送中出海，他驾船渡过了险恶的风浪，经过无数的岛屿，最后在热带雨林中找到一种树木，这树木高达十余米，在一片大雨林中只有一两株，砍下这种树木经过一年时间让外皮朽烂，留下本心沉黑的部分，会散发一种无比的香气，放在水中不像别的树木浮在水面而会沉到水底去。青年心想：这真是无比的宝物哇!

青年把香味无以比拟的树木运到市场出售，可是没有人来买他的树木，使他非常烦恼。偏偏在青年隔壁的摊位上有人在卖木炭，那小贩的木炭总是很快就卖光了。刚开始的时候青年还不为所动，日子一天天过去，终于使他的信心动摇，他想："既然木炭这么好卖，为什么我不把香树变成木炭来卖呢？"

第二天他果然把香木烧成木炭，挑到市场，一天就卖光了，青年非常高兴自己能改变心意，得意地回家告诉他的老父，老父听了，忍不法落下泪来。

原来，青年烧成木炭的香木，正是这个世界上最珍贵的树木"沉香"，只要切下一块磨成粉屑，价值就超过了一车的木炭。

这是佛经里释迦牟尼说的一个故事，他告诉我们两个智慧：一是许多人手里有沉香，却不知它的珍贵，反而羡慕别人手中的木炭，最后竟丢弃了自己的珍宝。二是许多人虽知道成圣成贤是伟大的心愿，一开始也有成圣成贤的气概，但看到做凡夫俗子最容易、最不费工夫，最后他们就出卖了自己尊贵的志愿，沦落成为凡夫俗子了。

人生的缺憾，最大的就是和别人比较，和高人比较使我们自卑；和下人比较，使我们骄满。外来的比较是我们心灵动荡不能自在的来源，也使得大部分的人都迷失了自我，隐蔽自己心灵原有的氤氲馨香。

因此，佛陀说，一个人战胜一千个敌人一千次，远不及他战胜自己一次！

一滴水到海洋

一位弟子追随一位得道的师父。过了几天，他去请教师父："什么是人生的价值？"师父总是不告诉他，他越发显得着急，一再地去求教。

有一天，师父被缠不过了，从房子里拿出一块石头，那石头看起来很大，也很美，师父说："你带这块石头到卖蔬菜的市场去卖，但是不要真的卖出去，只要试着卖，看看蔬菜市场的人可以出什么样的价钱。"

那个弟子真的带着石头到蔬菜市场去试卖。很多人围过来看，有的说："这么美的石头可以给孩子玩。"有的说："这么大的石头当秤锤刚刚好。"于是人们纷纷给石头出价，从两元到十元不等。

弟子带着石头回来见师父，说："在蔬菜市场，这个石头只能卖到十元的价钱。"

师父又说："现在你把这石头拿到黄金的市场去卖，但是不要真的卖出去，看看黄金市场的人可以出到什么样的价钱。"

弟子照着吩咐去做了。当他从黄金市场回来的时候，很高兴地向师父报告："在黄金市场，他们出的价钱很好，这石头可以卖到一千元。"

师父又说："现在，你把这石头拿到珠宝店去，还是不要卖出去，只要看看珠宝店的人可以出到什么样的价钱。"

弟子拿石头到珠宝店去卖时，他简直无法相信，因为第一个人就出价五千元，由于他不卖，珠宝店的人竟一直加价，最后加到几十万元。

弟子还是不肯卖，最后珠宝店的人说："只要你肯卖，任你开个价吧！"

弟子说："我只是奉师父之命来试这个石头的价钱，不管出多高的价，我的石头都是不卖的。"弟子离开珠宝店的时候，他心想，黄金市场和珠宝店的人简直是疯狂，因为在他看来，一块石头能卖十元就够好了。

他回来向师父报告在珠宝店得到的开价，师父说："一块石头的价值，是由了解的深浅而定的。如果一个人没有够好的眼睛，所有的石头，价值都不会超过十元，正像你在蔬菜市场遇到的那些人。你每天追着我问人生的价值，可是你的眼睛只停在蔬菜市场的层次，我给你一个钻石，你也会以为只值十元。如果你成为珠宝商，认识真正的宝石，我给你的宝石才会成为无价。现在，你先不要向我要人生的宝石，先使你自己拥有珠宝商的眼睛，那时候你来找我，我就会教你人生的价值。"

这是苏菲修行者的故事，它有两个重要的寓意：

一是想要追求人生更高的奥秘，一定要在心灵上有所准备，要养成慧眼，这样才能承受真正的"道的宝石"，如果没有慧眼，最好的钻石摆在眼前也与石头无异。

二是万事万物并没有绝对的价值，而是缘于了解的深浅而显示价值的高低，唯有心灵的提升才能坚持出一种绝对的价值。有绝对价值的人，吃饭喝茶中都有深奥的境界，因为人生的奥义并不在那相对与分别的世界，而在绝对的性灵中。

不久前，我去参观一个奇石的展览，就想到苏菲的这个故事，那所谓的奇石全不假人工的雕琢，而是捡拾自深山、溪流、海边，个个都有奇特的风姿。它们的定价从数千到数十万都有，如果不是收藏奇石的那个圈子里的人，很难理解为什么一块石头可以卖到几十万元。但是听说有很多是非卖品，即使那个圈子里的人愿意花几十万元买石头也买不到哇！

那些原在深山、海岸、溪畔的奇石，普通人根本就懒得去捡，所以发现而捡拾的人就可以说是慧眼独具了，他们的慧眼则是在对石头的爱与了解中产生的。当然也有人为了卖钱而捡石头，有一位奇石收藏家就告诉我："为了卖钱而捡石头的人，往往捡不到最好的石头。"

但是，不管是为爱而捡或为钱而捡，不管有什么样的定价，不管是在深山或在艺术馆的架上，一块石头的本质是不会改变的，在改变与波动着的只是我们的眼睛，我们的心。

石头存在的本身就饱含了价值，不因慧眼或俗眼而改变。其实，万物的本身都有不可替代、无法定价、深刻无比的价值，此所以"森罗万象许峥嵘"，此所以"翠竹皆是法身，黄花无非般若"，此所以"溪声尽是广长舌，山色岂非清净身"……

保持内心如宝石一样的质量，比起为宝石定各种价钱要高明得多了。

从前，牛顿在苹果树下，被一个苹果打中而发现地心引力。这是多么伟大的发现，但是如果没有那个适时落下的苹果，可能要晚几百年才会被发现。所以，也许市场里一个苹果卖十块钱，可是一个苹果也可以是地心引力的引信，也可以是无价的。

有一个这样的笑话——

一个孩子读了牛顿发现地心引力的故事，就跑去坐在苹果树下，想自己说不定也可以发现什么大的道理。他坐在苹果树下胡思乱想，为什么苹果树这么高大，却长出这么小的苹果，而大西瓜却相反，长在小小的西瓜藤上？

小苹果长在大树上，大西瓜却长在小小的藤上，这里面一定有什么伟大的道理吧？

正在苦思的时候，一个苹果"啪"一声落在他的头上，他突然欣喜若狂地发现了："还好是一个苹果，如果是大西瓜落下来，我还会有头在吗？原来大西瓜长在地上是有道理的，至少落下的时候不会有人受伤。苹果长在大树上是很好的，西瓜长在地上也是很好的，万物的存在都有它的道理。"

事物的价值源自于人心的价值，如果心的价值不被发现与确立，事物的价值也就得不到确立了。有一个朋友千里迢迢带回来大陆寺庙改建时拆下的砖送我，说是唐朝的砖。我左看右看，端详这块朋友口中"伟大而有历史的砖"，却总是看不出它的殊异之处。我想，如果把这块砖放在忠孝东路人群最多的地方，也不会有人捡拾，或者第二天就被清道夫丢进垃圾车里。这块毫不起眼、重达五公斤的砖块，以锦盒包装，被抱在怀中，飞山越海，到我的手上，只是因为在我们的心里先确立了，才会发现它的价值呀！

当一个人的心没有价值观与质量感时，当一个人的心只有垃圾时，所看见的世界也无非是垃圾！

在现代社会，真实的价值之所以被隐没，就是人心被隐没的结果。

假若说，人心的价值是一滴水，万物存在的价值是一片广大的海洋，那么唯有发现心里一滴水的人，才能体会海洋也是一滴水的汇集与映现。轻视一滴水，就是轻视整个海洋，而能品味一滴水，也就能品尝海洋的真味了。

咸也好，淡也好

同样的一把小提琴，

可以演奏出无比忧伤的夜曲，

也可以演奏出非凡舞蹈的快乐颂，

它所达到的是一样伟大、优雅、动人的境界。

人的身心只是一个乐器，

演奏什么音乐完全要靠自己。

无关风月

有一年冬天天气最冷的时候，我住在高雄县的佛光山上，我是去度假，不是去朝圣，每天过着与平常一样的生活，睡得很迟。

一天，我睡觉的时候忘了关窗，半夜突然下起雨刮起风，风雨打进窗来把我从沉睡中惊醒，在温热的南部，冬夜里下雨是很稀少的事，我披衣坐起，将窗户关上，竟再也不能入眠。点了灯，屋上清光一脉，桌上白纸一张，在风雨之中，暗夜中的灯光像花瓣里的清露，晶莹而温暖，我面对着那一张本来应该记录我生活的白纸，竟一个字都无法下笔。

我坐在榻榻米上，静听从远方吹来的风声，直到清晨微明的阳光照映入窗，室内的小灯逐渐灰暗下来，这时候，寺庙的晨钟当一声破空而来，当——当——当，沉厚悠长的钟声遂一声接一声地震响了长空，我才深刻地知觉到这平时扰我清梦的钟声是如此纯明，好像人已站在极高的峰顶，那钟声却又用力拉拔，要把人超度到无限的青空之中，那是空中之音，清澈玲珑，不可凑泊；那是相中之色，羚羊挂角，无迹可寻。

我推窗而立，寻觅钟声的来处，不觅犹可，一觅又使我大大地吃了一惊，只见几不可数的和尚和尼姑，都穿着整齐的铁灰色袈裟，分成两排长列，鱼贯地朝钟声走去，天上还下着小雨，他们好像无视于这尘世的风雨，一一走进了钟声的包围之中。

和尚尼姑们都挺直腰杆，微俯着头，我站在高处，看不见任何一个表情，却看到他们剃得精光的头颅在风雨迷茫中闪闪生亮；一刹那，微微的晨光好像便普照了大地。那一长串钟声这时美得惊心，仿佛是自我的心底深处发出来，然后和尚尼姑诵晨经的声音从诵经堂沉厚地扬散出来，那声音不高不低不卑不亢，使大地在苏醒中一下子祥和起来，微风吹遍，我听不清经文，却也不免闭目享受那安宁的动人的诵经声。

那真是一次伟大的经验，听晨钟，想晨经，在风雨如晦的一间小的客房中。

对于和尚、尼姑，我一向怀有崇仰的心情，是起源于我深切地知道他们原都是人世间最有情的人，而他们物外的心情是由于在人世的涛浪中醒悟到情的苦难、情的酸楚、情的无知、情的怨憎，以及情所能带给人无边的恼恨与不可解，于是他们避居到远远离开人情的深山海湄，成为心体两忘的隐遁者。

可是，情到底是无涯无际的广辽，他们也不免有午夜梦回的时刻、有寂寞难耐的时刻，这时便需要转化、需要升华、需要提醒，暮鼓晨钟在午夜梦回之后的清晨，在彩霞满天、引人遐思的黄昏提醒他们，要从情的轮回中跃动出来，从无边的苦中惊觉到清净的心灵。诵经则使他们对情的牵系转化到心灵的单一之中，从一遍又一遍单调平和的声音里不断告诫自己、洗练自己从人世里超脱出来。而他们的升华，乃是自人世里的小情小爱转化成为世人的大同情和大博爱。

到最后，他们只有给予，没有收受，掏肝掏肺地去爱一些从未谋面的，在人世里浮沉的人，如果真有天意，真有佛心，也许我们都曾在他们的礼赞中得到一些平和的慰安吧！

然而，日复一日的转化、升华和提醒是如此漫长无尽，那是永远不可能有解答，永远不可能有结局的，虽然只是钟声、经声，以及人间的同情，都本是很容易的事。

我想到人，人要从无情变成有情固然不易，要由有情修得无情或者不动情的境界，原也是这般的难呀！

苦难终会过去的，和尚与尼姑们诵完经，鱼贯地走回他们的屋子，有一位知客僧来敲我的门，要我去用早膳。这时我发现，风雨停了，阳光正在山头一边孤独的角落露出脸来。

云　散

我喜欢胡适的一首白话诗"八月四夜"：

我指望一夜的大雨，
把天上的星和月都遮了；
我指望今夜喝得烂醉，
把记忆和相思都灭了。
人都静了，
夜已深了，
云也散干净了，
仍旧是凄清的明月照我归去，
我的酒又早已全醒了。

酒已都醒，

如何消夜永？

　　这首《八月四夜》，是根据周邦彦的一阕词《关河令》改写成的，《关河令》的原文是：

秋阴时作，

渐向暝变一庭凄冷，

伫听寒声，

云深无雁影。

更深，人去，寂静

但照壁孤灯相映。

酒已都醒，

如何消夜永？

　　胡适的诗一点也不比周邦彦的原词逊色。我从前喜欢这首诗，是欢喜诗中的孤单和寂寞的味道，尤其是在烂醉之后醒来，不知道如何度过凄清的好像永无尽头的寒夜时。我在少年时代，有很多次的心境都接近了这首诗的情景。

　　这使我想起，孤单和寂寞虽也有它极美的一面，但究竟不是幸福的。只是有时我们细细想来，幸福里如果没有孤单和寂寞的时刻，幸福依然是不圆满的。

　　最好的是，在孤单与寂寞的时候，自己也能品味出那清醒明净的滋味，有时能有一些记忆和相思牵系，才是最幸福的事。

清晨滚着金边的红云，是美的。

午后飘过慵懒的白云，是美的。

黄昏燃烧炽烈的晚霞，是美的。

有时散得干净的天空，也是美的。

那密密层层包裹着青天的乌云，使我们带着冷冽的醒觉，何尝不美呢？

当一个人，走过了辉煌的少年时代，有许多人就开始在孤单与寂寞的煎熬中过日子；当一个人，失去了情爱与生命的理想，可能就会在无奈的孤独中忍受一生；当一个人，不能体会到独处的丰富与幸福时，他的生命之火就开始黯然褪色……

凄清的明月是不是美丽的明月那同一个明月呢？当我们从生命的烂醉醒来的时候，保持明净的心灵世界，让我们也欢喜独处时的寂寞吧！因为要做一个自足的人，就是每一时每一刻都能看清云彩从心窗飘过的姿势。在云也散干净的时候，还能在永夜中保持愉悦清明，那么，即使记忆与相思不灭，我们也能自在坦然地走下去。

把烦恼写在沙滩上

有一个中年人，年轻时追求的家庭事业都有了基础，但是却觉得生命空虚，感到彷徨而无奈，而且这种情况日渐严重，到后来不得不去看医生。

医生听完了他的陈述，说："我开几个处方给你试试！"于是开了四帖药放在药袋里，对他说："你明天九点以前独自到海边去，不要带报纸杂志，不要听广播，到了海边，分别在上午九点、中午十二点、下午三点和下午五点，依序各服用一帖药，你的病就可以治愈了。"

那位中年人半信半疑，但第二天还是依照医生的嘱咐来到海边，一走近海，尤其是清晨，看到广阔的海，心情为之清朗。

九点整，他打开第一帖药服用，里面没有药，只写了两个字"谛听"。

他真的坐下来，谛听风的声音、海浪的声音，甚至听到自己心跳的节拍与大自然的节奏合在一起。他已经很多年没有如此安静地坐下来听，因此感到身心得到了清洗。

到了中午，他打开第二个处方，上面写着"回忆"两字。他开始从谛听外界的声音转回来，回想起自己从童年到少年的无忧快乐，想到青年时期创业的艰难，想到父母的慈爱，兄弟朋友的友谊，生命的力量与热情重新从他的内心燃烧起来。

下午三点，他打开第三帖药，上面写着"检讨你的动机"。他仔细地想起早年创业的时候，是为了服务人群、热诚地工作，等到事业有成了，则只顾赚钱，失去了经营事业的喜悦，为了自身利益，则失去了对别人的关怀，想到这时，他已深有所悟。

到了黄昏的时候，他打开最后的处方，上面写着"把烦恼写在沙滩上"。他走到离海最近的沙滩，写下"烦恼"两个字，海浪立即淹没了他的"烦恼"，洗得沙滩一片平坦。

当这个中年人走在回家的路上时，再度恢复了生命的活力，他的空虚与彷徨也就治愈了。

这个故事是有一次深研禅学的郑石岩先生谈起的关于高登（Arthur Gordon）亲身体验的故事。我一直很喜欢这个故事，因为它在本质上有许多与禅相近的东西。

"谛听"就是"观照"，是专心地听闻外在的声音，其实，"谛听"就是"观世音"，观世音虽是菩萨的名字，但人人都具有观世音的本质，只要肯谛听，观世音的本质就会被开发出来。

"回忆"就是"静虑"，是禅最原始的意涵，也是反观自心的初步功夫。

观世音菩萨有另一个名号叫"观自在"，一个人若不能清楚自己成长的历程，如何能观自在呢？

"检讨你的动机"，动机就是身口意的"意"，在佛教里叫作"初发"，意即"初发的心"。一个人如果能时时把握初心，主掌意念，就能随心所欲不逾矩了。

"把烦恼写在沙滩上"，这是禅者的关键，就是"放下"，我们的烦恼来自于执着，其实执着像是写在沙滩上的字，海水一冲就流走了，缘起性空才是一切的实相，能看到这一层，放下就没有什么难了。

禅并没有一定的形式与面貌，在用世的许多东西，都具有禅的一些特质，禅自然也不离开生活，如何深入于生活中得到崭新的悟，并有全生命的投入，这是禅的风味。

有一个禅宗的故事这样说，一位禅师与弟子外出，看到狐狸在追兔子。

"依据古代的传说，大部分清醒的兔子可以逃离狐狸，这一只也可以。"师父说。

"不可能！"弟子回答，"狐狸跑得比兔子快！"

"但兔子将可避开狐狸！"师父仍然坚持己见。

"师父，您为什么如此肯定呢？"

"因为，狐狸是在追它的晚餐，兔子是在逃命！"师父说。

可叹息的是，大部分人过日子都像狐狸追兔子，以致到了中年，筋疲力尽就放弃自己的晚餐，纵使有些人追到了晚餐，也会觉得花那么大的代价，才追到一只兔子而感到懊丧。修行者的态度应该不是狐狸追兔子，而是兔子逃命，只有投入全副身心，向前奔驰飞跃，否则一个不留神，就会丧于狐口了。

在生命的"点"和"点"间,快如迅雷,没有一点空隙,甚至容不下思考,就犹如兔子奔越逃命一样,我每想起这个禅的故事,就想到:兔子假如能逃过狐口,在喘息的时候,一定能见及生命的真意吧!

心田上的百合花

在一个偏僻遥远的山谷里，有一个高达数千尺的断崖。不知道什么时候，断崖边上长出了一株小小的百合。

一开始百合刚刚诞生的时候，长得和杂草一模一样。但是，它心里知道自己并不是一株野草。它的内心深处，有一个内在的纯洁的念头："我是一株百合，不是一株野草。唯一能证明我是百合的方法，就是开出美丽的花朵。"

有了这个念头，百合努力地吸收水分和阳光，深深地扎根，直立地挺着小小的胸膛。终于在一个春天的清晨，百合的顶部结出了第一个花苞。

百合心里很高兴，附近的杂草却很不屑，它们在私底下嘲笑着百合："这家伙明明是一株草，偏偏说自己是一株花，还真以为自己是一株花，我看它顶上结的不是花苞，而是头脑长瘤了。"

公开场合，它们则讥讽百合："你不要做梦了，即使你真的会开花，在这荒郊野外，你的价值还不是跟我们一样？"偶尔也有飞过的蜂蝶鸟雀，它们也会劝百合不用那么努力开花："在这断崖边上，纵然开出世界上最美的花，也不会有人来欣赏啊！"百合说："我要开花，是因为我知道自己有美丽的花；我要开花，是为了完成作为一株花的庄严生命；我要开花，是由于自己喜欢以花来证明自己的存在。不管有没有人欣赏，不管你们怎么看我，我都要开花！"

众多不屑、讥讽鄙夷声里，野百合努力地释放内心的能量。有一天，它终于开花了。它那灵性的洁白和秀挺的风姿，成为断崖上最美丽的风景。这时候，野草与蜂蝶再也不敢嘲笑它了。百合花一朵一朵地盛开着，花朵上每天都有晶莹的水珠，野草们以为那是昨夜的露水，只有百合自己知道，那是极深沉的欢喜所结的泪珠。

年年春天，野百合努力地开花、结籽。它的种子随着风飘扬，落在山谷、草原和悬崖边上，到处都开满洁白的野百合。几十年后，远在百里外的人，从城市、从乡村，千里迢迢赶来欣赏百合开花。许多孩童跪下来，闻着百合花的芬芳；许多情侣互相拥抱，许下了"百年好合"的誓言。无数的人看到这从未见过的美景，感动得落泪，触动内心那纯净温柔的一角。后来，那里被人称为"百合谷地"。

不管别人怎么欣赏、称赞，满山的百合花都谨记着第一株百合的教导："你们要全心全意默默地开花，以花来证明自己的存在。"

咸也好，淡也好

一个青年为着情感离别的苦痛来向我倾诉，气息哀怨，令人动容。等他说完，我说："人生里有离别是好事呀！"他茫然地望着我。

我说："如果没有离别，人就不能真正珍惜相聚的时刻；如果没有离别，人间就再也没有重逢的喜悦。离别从这个观点看，是好的。"

我们总是认为相聚是幸福的，离别便不免哀伤。但这幸福是比较而来，若没有哀伤作衬托，幸福的滋味也就不能体会了。

再从深一点的观点来思考，这世间有许多的"怨憎会"，在相聚时感到重大痛苦的人比比皆是，如果没有离别这件好事，他们不是要永受折磨，永远沉沦于恨海之中吗？

幸好，人生有离别。

因相聚而幸福的人，离别是好，使那些相思的泪都化成甜美的水晶。

因相聚而痛苦的人，离别最好，雾散云消看见了开阔的蓝天。

可以因缘离散，对处在苦难中的人，有时候正是生命的期待与盼望。

聚与散、幸福与悲哀、失望与希望，假如我们愿意品尝，样样都有滋味，样样都是生命中不可或缺的。

高僧弘一大师，晚年把生活与修行统合起来，过着随遇而安的生活。有一天，他的老友夏丏尊来拜访他，吃饭时，他只配一道咸菜。

夏丏尊不忍地问他："难道这咸菜不会太咸吗？"

"咸有咸的味道。"弘一大师回答道。

吃完饭后，弘一大师倒了一杯白开水喝，夏丏尊又问："没有茶叶吗？怎么喝这平淡的开水？"

弘一大师笑着说："开水虽淡，淡也有淡的味道。"

我觉得这个故事很能表达弘一大师的道风，夏丏尊因为和弘一大师是青年时代的好友，知道弘一大师在李叔同时代，有过歌舞繁华的日子，故有此问。弘一大师则早就超越咸淡的分别，这超越并不是没有味觉，而是真能品味咸菜的好滋味与开水的真清凉。

生命里的幸福是甜的，甜有甜的滋味。

情爱中的离别是咸的，咸有咸的滋味。

生活的平常是淡的，淡也有淡的滋味。

我对年轻人说："在人生里，我们只能随遇而安，来什么品味什么，有时候是没有能力选择的。就像我昨天在一个朋友家喝的茶真好，今天虽不能再喝那么好的茶，但只要有茶喝就很好了。如果连茶也没有，喝开水也是很好的事呀！"

生活的回香

我们所经历过的美好事物，其实都被卷存典藏着，一旦打开了，就从记忆中遥不可知的角落飘回来。

朋友来接我到基隆演讲，由于演讲时间定在下午一点，我们都来不及吃饭。"我们到极乐寺吃饭吧！寺庙的饭菜最好吃、最卫生，师父也最亲切。"朋友说。

我说："这样不好意思吧。"

朋友说："不会，不会，我在极乐寺做义工很多年了，与师父们很熟，只要寺里的师父有事叫我，我都义不容辞，偶尔去叨扰一顿斋饭，不要紧的。何况帮我们开车的师兄也是寺里的长期义工呢！"

于是，朋友用行动电话通知寺里的知客师父：我们一共有三人，大约二十分钟到极乐寺，请师父准备素斋一席。

等我们到极乐寺，热腾腾七道菜的素菜已经准备好了，我们没什么客套，坐下就吃。

佛光山派下寺院的素菜好吃是远近驰名的，那是因为星云大师对素菜很内行，加上典座师父个个巧手慧心的缘故。但是今天有一道菜还是令我大感意外，就是师父炒了一大盘的茴香。

茴香是我在南部家乡常吃的青菜，在我们乡下称之为"客家人的芫荽"，因为客家人喜以茴香做菜之故。自从到台北就再也没吃过茴香了，如今见到茴香的样子，闻到茴香的气味，竟有说不出的感动。

一般人都知道茴香的种子可以做香料、做卤味，却很少有人知道茴香的叶子做菜是人间之际的美味。茴香是多年生草本植物，可以长到与人等高，它的叶片巨大，散开成丝状，就仿佛是空中爆开的烟火。

茴香从根、茎、叶、花到种子都有浓烈的香气，食用的时候采其嫩叶，或炒成青菜，或做汤的香菜，或沾面粉油炸成饼，都会令人吃过即永不能忘。

在寺庙吃饭，不事交谈，因此我独自细细品味茴香的滋味，好像回到了童年。每当母亲炒茴香的时候，茴香的香气就会从灶间飘过厅堂、飞过庭院、飞进我们写字的北边厢房。

童年的时光不再，茴香的气息也逐渐淡了，万万想不到在极乐寺偶然的午斋，还能吃到淡忘的童年之味。我曾经走入盛开着小黄花的茴香田里，对着那漫天飞舞的黄花绿叶，深深地呼吸，妄图把茴香的香气储存在胸臆。此刻，那储藏的香气整片被唤醒了。

生活不也是如此吗？我们所经历过的美好事物，其实都是永不失去的，只是被卷存典藏着，一旦打开了，就会在记忆中回香，从遥远不可知的角落飘回来。

我们生命里，早就种了许多"回香树"，等待因缘的摘取吧。

我们没什么客套，吃完对师父合十致谢，就走了。

知客师父送我们到前廊，合掌道别说："以后有什么需要，尽管到寺里来。"

在奔赴演讲场地的路上，我的心里有被熨平的感觉，不只是寺里的茴香菜产生的作用，那样清澈的人与人之间的情谊更使我动容。

其实，处处都有回香树。

平凡最难

与几位演员在一起，谈到演戏的心得。

有一位说："我喜欢演冲突性强的人物，生命有高低潮的。"

另一位说："怪不得你演流氓演得好，演教师就不像样了。"

还有一位说："每次演悲剧就感觉自己能完全投入，演得真是悲惨，可是演喜剧就进不去，喜剧的表演真是比悲剧难哪！"另外一位这样搭腔："那是由于在本质上，人生是个悲剧，真实的痛苦很多，真实的快乐却很少。"

大家七嘴八舌地讲自己对演出与人生的看法，却得到了两个根本的结论，一是不管电影、电视或舞台，演流氓、妓女、失败者、邪恶者、落魄者总是容易一些，也可以演得传神，那是因为大家对坏的形象有一种共同的认知；可是对善良的、乐观的人生却没有共同的标准。二是全世界最难演的人，就是那些平顺着过日子、没有什么冲突的人，像教师、公务员、小职员、家庭主妇，因为他们的一生仿佛一开始就是那个样子，结束也就是那个样子了。

一个演员感慨地说："平凡是最难演的呀！"

我们如果把这句话稍做转换，可以变成"平凡是最难的呀！"或者"安于平凡是最难的呀！"尤其是当一个人可以选择轰轰烈烈地过日子时，他却选择了平凡；当一个人只要动念就可能获名求利满足欲望时，他却选择了平凡；当一个人位高权重、力能扛鼎时，他毅然选择了平凡。

最难得的是，一个人在多么不平凡的情况下，还有平凡之心，知道如何走进平凡人的世界，知道这世界原是平凡者所构成的，自己的不平凡是多数人安于平凡所造成的结果。

平凡者，就是平顺、安常、知足，平凡人的一生就是平安知足的一生。一个社会格局的开创固然需要很多不凡人物的创造，但一个社会能否持久安定维持文化的尊严与品格，则需要许多平凡人的默默奉献与牺牲。

每个人青年时代的立志，多是要做顶天立地的大丈夫，要做叱咤风云的大人物，可是到了后来才发现，其实自己也不过是社会里平凡的一分子，没能成为真正的大英雄大豪杰。但我们从更大的角度看，那些自命为大人物者，何尝不是宇宙的一粒沙尘呢？

这并不是说我们不要立大志，而是当我们往大的志向走去时，不管成功或失败，都要知道"平凡最难"！

平凡不只是演员在戏台上最难扮演，在实际人生里也是最难的一种演出。

步步起清风

我很喜欢禅宗的一个公案：

五祖法演禅师门下有三个杰出的弟子，佛果克勤、佛鉴慧懃、佛眼清远，时人号称"三佛"。

有一天，法演带着三个弟子，在山下的凉亭夜话，回寺的时候，灯突然灭了。

在黑暗中，法演叫每一位弟子说出自己的心境。

佛鉴说："彩凤丹宵。"

佛眼说："铁蛇横古路。"

佛果说："看脚下！"

法演当场给佛果克勤说："将来传扬我的宗风只有你呀！"后来，佛果克勤禅师，果然宗风大盛。

我喜欢这个公案，原因是它的直截了当，一个人在无灯的黑夜走路，不必思维，只要看脚下就好。其次，我喜欢它的明白平常，简单的三个字就说明了，禅的根本精神是从站立的地方安身立命，没有比脚下更重要的地方了，因为一失足就成千古恨。

　　"看脚下"虽然如此简明易懂，却意味深长，六祖所说的"密在汝边"，祖师所说的"会心不远"，都是在说明真正美妙的心灵经验，不必到远处去追求。可惜大部分的人，都是舍弃了心灵的空地，去追求远处的境界，那就无法"即心是道场"，不能即刻点起已被风吹熄的烛火，继续前进。

　　不能看脚下的人，自然不能立定脚跟，这在禅宗里叫作"脚跟未点地"，也叫作"脚下烟生"，一个人的脚下如果生起烟雾，便无法落实于真切的生命，就好像腾云驾雾地过着虚妄的生活。

　　有时候我到寺庙里参访，在门槛的柱子上，或在容易跌倒的阶梯上，就会看见贴着"看脚下"三字，顿时心里一阵感动，有一种体贴之感，因为那时如果不看脚下，立刻就会跌倒了。

　　"看脚下"其实包括了禅宗几个重要的精神，第一个精神是要活在当下，不活在过去与未来之中。人生的忧恼，大部分是来自过去习气的牵绊，以及对未来欲望的企图，如果时刻活在现前的一境，忧恼立即得到截断，例如喝茶的时候，如果专注于喝茶，不心思外驰，立刻可以得到专注之境。这不只是开悟的境界，一般人也可以领受和体验。

　　马祖道一禅师开悟以后，声名大噪，他未出家前结交的几位老朋友，对马祖的开悟半信半疑，于是相约一起去见马祖，并且希望能沿路想一些问题去请教请教。

　　这几位农民出发不久，就看见一只老黄牛绑在大树上，鼻子穿了一根绳子。黄牛由于不能走远，就绕这棵树行走，最后把鼻子碰在树上，又往反方向绕，越转越紧，又碰在树上，其中一位就说："我们就拿这件事去请示马祖好了。"

再往前走不久，突然看见一只秋蝉飞来，脚跟被蜘蛛丝粘住了，飞不过去，心里一着急，吱吱大叫。蜘蛛看见秋蝉粘在树上，立刻赶过来要吃它，在这生死关头，秋蝉奋力一冲，呼噜一声，离开蛛丝飞走了。其中一位说："我们再把这件事去请示马祖。"

最后，他们见到马祖，第一位就问说："如何是团团转？"

"只因绳子不断。"

"绳子断了，又如何？"

"逍遥自在去也！"

马祖的老朋友听了都很吃惊，马祖明明没见到老牛，怎么知道我们问什么呢？第二位又问："如何是吱吱叫？"

"因脚下有丝！"

"丝断了，又如何？"

"呼噜飞去了！"

马祖的老朋友当下都得到了开启。

使人生不能自在的，是由于过去习气的绳子拉着我们团团转；使我们不能自由的，是情丝无法斩断。如果能回到脚下，一念不生，就自由自在了。

第二个看脚下的精神，是以平常心过日常生活，例如经常教人参"无"字公案的赵州禅师，每每对初来的人说："吃茶去！""吃粥也未？"马祖道一也说："吃饭时吃饭，睡觉时睡觉。"百丈怀海说的："一日不作，一日不食。"都是在示人，以圆融的态度来过平常的生活，而不是去追求不着边际的开悟。

"看脚下"是以平等的态度来对待生活里的一切，不为某些特殊的目的而放弃对历程的深思与体验，在每一个朝夕，都能"不离当处湛然"，如果喝茶吃粥时有湛然清明的心，其尊贵至高并不逊于人间伟大的事功。

《六祖坛经》一开始时就说："于一切时中，念念自见，万法无滞，一真一切真，万境自如如。如如之心，即是真实。若如是见，即是无上菩提之自性也。"

在每一刻的真实中，万法的真实即在其中，"掬水月在手，弄花香满衣"，掬水或弄花是平常而平等的，明月在手、花香满衣就变得十分自然。

如果不能善待眼前的片刻，不就像以手捉月、舍花逐香吗？哪里可得呢？

看脚下的第三个精神，是以法为灯，以自为灯，去除依赖的心。

山中的烛火熄了，不仅要照看自己的脚下，还要以自己的眼睛和心灵为灯，小心地走路，这个世界上虽有许多人可以告诉我们远处美丽的风景，却没有一个人能代替我们走茫茫的夜路。

只要点燃心中的灯，一心一意地生活下去，便可以展现充实的生命。一般人无法见及生命的丰盈，不能冤于恐惧，只缘于没有脚跟着地罢了。

接着，我们的灯如果燃起，就可以照看到"看脚下"的最高境界，是云门禅师所说的"日日是好日"，不管晴、雨、悲、喜，身心都能安然，甚至于连心痛的时刻，都能知道明日可能没有心痛之境，而坦然欢喜。

"日日是好日"，表面上是"每天都是黄道吉日"的意思，但内在里更深切的意义是"不忧昨日，不期明日"，是有好的心来看待或喜或悲的今天，是有好的步伐，穿越每日的平路或荆棘，那种纯真、无染、坚实的脚步，不会被迷乱与动摇。

在喜乐的日子，风过而竹不留声；在无聊的日子，不风流处也风流；在苦恼的日子，灭却心头火自凉；在平凡的日子，有花有月有楼台；随处做主，立处皆真，因为日日是好日呀！

"看脚下"真是一句韵味深长的话，这是为什么从前把修行人走的路叫作"虎视牛行"——有老虎一样炯炯的眼神，和牛一般坚实的步伐，也叫作"华严狮子"——每一步都留下深刻的脚印。

从远的看，人生行路苍茫，似乎要走很多的步幅；从近的看，生死之间短促，只是一步之间；在每一步里，脚底都有清凉的风，则每一步都不会错过。

那么，不管灯熄灯亮，不管风雨雷电，不管高山深谷，回来看脚下吧！脚下虽是方寸，方寸里自有乾坤。

如果没有明天

我到一个朋友家里，看见他书房的架子上摆着十几册精装的日记本，顿时令我肃然起敬，我一向敬佩那些有毅力和恒心写日记的人，于是对朋友赞美说："没想到你写了十几年日记呀！"

他很害羞地笑着说："这么多的日记本，没有一本写超过七天的！"

"怎么会呢？"

朋友告诉我，他在少年时代读一些伟人传记，发现许多伟大人物都有写日记的习惯，他便在心里想：虽然不一定成为伟大人物，也要养成写日记的习惯。因此到书局去挑了一本印刷精美的日记，写起来，第一年只写了七天，就没有再往下写了。

"原因呢？"

朋友说："太忙实在是一种借口。其实，是觉得生活这样单调、空洞、乏味，每天都在重复着，到底还有什么好写呢？从前不写日记，不知道生活如此单调，开始写日记时才发现了。"

第一年没有写成日记的朋友，内心非常懊悔，第二年只写了五天，后来每况愈下。最近这几年，一到过年的时候，到书店去买一本精装的日记，聊表纪念，摆在书架上，偶尔看起来。想到从前也曾是一个立志想要写日记的人。

告辞朋友出来，走在严冬寒冷的夜街上，我非常感慨，常觉得生活单调、空洞、乏味的恐怕不只是我的朋友吧！其实，日子怎么会每天一样？我们今天比昨天成长一些，今天比昨天更接近死亡一步，今天比昨天多看了一天世界，怎么会一样？世界也是日日不同的，有时会有飞机撞山，有时会有坦克压人，有时地震灾变，有时冰雪凌人，甚至就在短短的几天，有几个政府被推翻而改变了，日子怎么会一样呢？

感到日子没有变化，可能是来自生活的不能专注、不肯承担，因此就会失去对今天，甚至当时当刻的把握了，可悲的是，不能专注把握此刻的人，也肯定是不能把握将来的。

有一次，我在市场买甘蔗，卖甘蔗的人看来是充满智慧的人。

老人说得起劲，旁边的人听得都笑了，他突然严肃地说："不要笑，人生的变幻是莫测的，各位看我在这里削甘蔗，说说笑笑，说不定今天晚上我回家躺下来睡觉，明天就起不来了。"

人群里突然冒出一个声音："既然不知道明天能不能起来，今天又何必来卖甘蔗呢？"

"呀！少年家，你有没有听过'一日不作，一日不食'？就是明知明天不能再活在这个世间，今天也要好好地削甘蔗，如果没有明天，难道我们就要躺着等死吗？"

这段话说得让人肃然起敬，只有今天能专注、努力、好好削甘蔗的人，才能尝到生命中真实的甜蜜吧！写日记也是如此，它是在训练培养我们对此时此地的注视，若不是这样深入的注视，日记只是语言的陈述，有什么意思呢？

有一位和尚去问赵州禅师："师父，什么是你最重要的一句格言？"

赵州说："我连半句格言也没有，更不要说一句了。"

和尚又问："你不是在这里做方丈吗？"

赵州立刻说："是呀。做方丈的是我，不是格言！"

这使我们体会真正的生命风格，是对现今的专注，而不是去描述它。

有一位和尚去问百丈怀海禅师："师父，世界上最奇妙的事是什么？"

百丈说："那就是我独坐在大雄峰上。"

真的很奇妙，每个人都独坐在大雄峰上，只是很少人看见或体验这种奇妙。

如果我在这世上没有明天，这是禅者的用心，一个人唯有放下现在心、过去心、未来心，才会有真切的承担哪！

欢乐中国节

传说在中国有三位修行者，没有人知道他们的名字，只知道他们是爱笑的圣人，因为当人们看到他们时，他们总是在笑，从一个城市笑到另一个城市。

每到一个新城市，他们就会在市场、街道，或广场中央大笑，使附近的人都过来围着他们，慢慢地，本来迟疑的人也走过来了，像口渴的人走向井边。顾客忘了他们要买什么，店主把店铺关了，一起到这三个人的旁边，看他们笑。

他们的笑是那么自在、那么无碍、那么优美、那么光辉，使旁观的人都深深地感动了，因为生活在市集里的人从没有那样笑过，甚至已经忘记人可以那样笑着。

他们的笑会感染，旁观的人开始笑，然后所有的人都笑了，就是几分钟前，那市场是个丑陋的地方，人们有的只是贪婪、嗔恨、愚痴，卖的人只想到钱和渴望钱，买者则只想贪小便宜。他们的笑改变了市场的气氛，使所有的人汇成一体，欢欣、无私、互相欣赏，就好像很久才有一次的节庆。

人们先是笑，忘记了是要买或是要卖，随后，人们真心笑了，最后甚至围着三人忘情地跳舞，仿佛进入一个新世界。

由于这三个人所到之处，都带着欢笑，因此他们行经之地都变成天堂，所有的人都喜欢见到他们，称他们是"三个爱笑的圣人"。

当圣人的名字传扬开来，就有人来问道："给我们一些启示，教导我们一些真理吧！"

他们总是说："我们没有什么好说，只是不断地笑！"

他们走遍全中国，从一地到另一地、从城市到乡村，帮助人们去笑、去开发内在的笑意，凡是悲伤、哀痛、贪婪、嗔恨、愚笨的人都跟着他们笑，慢慢地，人们懂得笑了，生命就得到了崭新的蜕变，就像是一只丑陋爬行的虫化成了斑灿自由的彩蝶。

他们的日子就在笑中度过。

有一天，三个爱笑的圣人之一过世了，村人聚集着说："他们的友谊那么好，现在另外两位一定会哭的吧！他们不可能再笑了。"

但是，当村民看到其中两位时都吃了一惊，因为他们正在笑，在唱歌跳舞，在庆祝最好的朋友离开这个世界。

村民充满疑惑，并且有一点生气地说："你们这样太过分了，一个人死了是多么悲伤的事，你们还笑、还跳舞，这对死去的人是多么不敬！"

两个微笑的圣人说："我们的一生都在笑里度过，我们必须欢笑，因为对一位一生都在笑的人，欢笑是最好的、也是唯一的告别。而且，我们不觉得他过世了，因为生命不死，笑着离开的人一定会笑着回来！"

笑是永恒的，就像波浪推动，而海洋不变；生命是永恒的，就像演员下台了，戏剧仍在进行；大化是永恒的，花开花落，树却不会枯萎。可惜，村民不能了解这些，所以那天只有他们两人在笑。

尸体要焚化之前，村民说："依照仪式，我们要给他洗澡，换一套干净的衣服。"

但是两个微笑的圣人说："不！我们的朋友生前就吩咐不举行任何仪式，只要按照他原来的样子放在焚化台上面就好了。"于是，死者被以本来面目放在焚化台上焚烧。

当火点燃的时候，突然之间，烟火四射，原来那个老人在他的衣服里藏着许多节庆的鞭炮和烟火，作为他送给观礼者的礼物。

烟火飞扬到高空，爆开时有各种缤纷的颜色，闪亮的火光照耀了整个村落。

本来微笑的圣人疯狂地笑了起来，村民也笑起来，马路、树木、花草，甚至焚烧尸体的火焰都在笑着，然后大家开始快乐地跳舞，过了村落有史以来最大的庆祝会，在欢笑与跳舞的时候，大家感觉到那不是一个死亡，而是一个新生命的开始、一个全新的复活。

最后大家都知道了：如果人能快乐地归去，死亡就不能杀人，反而是人杀掉了死亡；如果能改变死亡的悲伤，知道生死的实相，人就不会有什么损失了！

对我们来说，只有当我们知道快乐与悲伤是生命必然的两端时，我们才有好的态度来面对生命的整体。

如果生命里只有喜乐，生命就不会有深度，生命也会呈单面的发展，像海面的波浪。如果生命里只有悲伤，生命会有深度，但生命将会完全没有发展，像静止的湖泊。唯有生命里有喜乐有悲伤，生命才是多层面的、有活力的、有深度，又能发展的。

遇到生命的快乐，我要庆祝它！遇到生命的悲伤，我也要庆祝它！庆祝生命是我的态度，不管是遇到什么！快乐固然是热闹温暖，悲伤则是更深刻的宁静、优美，而值得深思。

在禅里，把快乐的庆祝称为"笑里藏刀"——就是在笑着的时候，心里也藏着敏锐的机锋。把悲伤的庆祝称为"逆来顺受"——就是在艰苦的逆境中，还能发自内心的感激，用好的态度来承受。

用同样的一把小提琴，可以演奏出无比忧伤的夜曲，也可以演奏出非凡舞蹈的快乐颂，它所达到的是一样伟大、优雅、动人的境界。人的身心只是一个乐器，演奏什么音乐完全要靠自己。

111

玫瑰与爱是如此类似，盛开的玫瑰会一瓣一瓣落下，爱到了顶点，也会一步步地走入泪中。

你非草木，怎知草木无心？ 你说人有心，那么人的心又在哪里呢？

///

我只把最真实、最纯朴、最能与我的美感或爱情相呼吸的留给我自己，我自己就是江山，我自己就是一个具足的宇宙。

我们如果心灵够高，也可以这样看着世界。 我们如果心情够细，也能体贴一棵树的心。

///

认识自我、回归自我、反观自我、主掌自我，就成为智慧开启最重要的事。

///

　　但我们却可以提醒自己往自由的道路走，少一点贪念，就少一点物欲的缠缚，多一点淡泊的自由。少一点嗔心，就少一点怨恨的纠葛，多一点平静的自由。少一点愚痴，就少一点情爱与知解的牵扯，多一点清明的自由。

///

　　只有我们能独乐独醒，我们才能成为大海型的人，在河流冲来的时候、在池塘满水的时候、在波浪推过的时候，我们都能包容，并且不损及自身的清净。

第五辑

人间最美是清欢

在汹涌的波涛与急速的漩涡中，

顺流而下的人，

是不是偶尔会抬起头来，

发现自己原是水上的一个字呢？

这种发现，

是觉悟的开始，

是菩提的尖牙。

独乐与独醒

　　人生的朋友大致可以分成四种类型，一种是在欢乐的时候不会想到我们，只在痛苦无助的时候才来找我们分担，这样的朋友往往也最不能分担别人的痛苦，只愿别人都带给他欢乐。他把痛苦都倾泻给别人，自己却很快地忘掉。

　　一种是他只在快乐的时候才找朋友，却把痛苦独自埋藏在内心，这样的朋友通常能善解别人的痛苦，当我们丢掉痛苦时，他却接住了它。

　　一种是不管什么时刻、什么心情都需要别人共享，认为独乐乐不如众乐，独悲哀不如众悲哀，恋爱时急着向全世界的朋友宣告，失恋的时候也要立即告知亲友。他永远有同行者，但他也很好奇好事，总希望朋友像他一样，把一切最私密的事对他倾诉。

　　还有一种朋友，他不会特别与人亲近，他有自己独特的生活方式，独自快乐、独自清醒，他胸怀广大、思虑细腻、品位优越，带着一些无法测知的神秘，他们做朋友最大的益处是善于聆听，像大海一样可以容受别人欢乐或苦痛的泻注，但自己不动不摇，由于他知道解决问题的关键，因此对别人的快乐给予鼓励，对苦痛伸出援手。

用水来做比喻，第一种是河流型，他们把一切自己制造的垃圾都流向大海。第二种是池塘型，他们善于收藏别人和自己的苦痛。第三种是波浪型，他们总是一波一波打上岸来，永远没有静止的时候。第四种是大海型，他们接纳百川，但不失自我。

当然，把朋友做这样的划分不是绝对的，因为朋友有千百种面目，这只是大致的类型罢了。

我们到底要交什么样的朋友？或者说，我们希望自己变成什么样的朋友？

卡莱尔·纪伯伦在《友谊》里有这样的两段对话："你的朋友是来回应你的需要的，他是你的田园，你以爱心播种，以感恩的心收成。他是你的餐桌和壁灯，因为你饥饿时去找他，又为求安宁寻他。""把你最好的给你的朋友，如果他一定要知道你的低潮，也让他知道你的高潮吧！如果只是为了消磨时间才找你的朋友，又有什么意思呢？找他共享生命吧！因为他满足你的需要，而不是填满你的空虚，让友谊的甜蜜中有欢笑和分享吧！因为心灵在琐事的露珠中，找到了它的清晨而变得清爽。"

在农业社会时代，友谊是单纯的，因为其中比较少有利害关系；在少年时代，友谊也是纯粹的，因为多的是心灵与精神的联系，很少有欲望的纠葛。

工业社会的中年人，友谊常成为复杂的纠缠，"朋友"一词也变质了，我们很难和一个人在海岸散步，互相倾听心灵；难得和一个人在茶屋里，谈一些纯粹的事物了。朋友成为群体一般，要在啤酒屋里大杯灌酒，在饭店里大口吃肉、一起吆喝，甚至在卡拉OK这种黑暗的地方，对唱着浮滥的心声。

从前，我们在有友谊的地方得到心的明净，得到抚慰与关怀，得到智慧与安宁。现在有许多时候，朋友反而使我们混浊、冷漠、失落、愚痴与不安。现代人都成为"河流型""池塘型""波浪型"的格局，要找有大海胸襟的人就很少了。

在现代社会，独乐与独醒就变得十分重要，所谓"独乐"，是一个人独处时也能欢喜，有心灵与生命的充实，就是一下午静静地坐着，也能安然；所谓"独醒"，是不为众乐所迷惑，众人都认为应该过的生活方式，往往不一定适合我们，那么，何不独自醒着呢？

只有我们能独乐独醒，我们才能成为大海型的人，在河流冲来的时候、在池塘满水的时候、在波浪推讨的时候，我们都能包容，并且不损及自身的清净。纪伯伦如是说：

> 你和朋友分手时，不要悲伤，
>
> 因为你最爱的那些美质，他离开你时，你会觉得更明显，
>
> 就好像爬山的人在平地上遥望高山，那山显得更清晰。

时间道场

一分钟很短，但是，一分钟比五十九秒还长，比一秒钟更长很多，所以，要珍惜每一分钟。

佛经里最短的时间是一刹那，等于七十五分之一秒。一念里有九十刹那，一刹那有九百生灭，因此连刹那也是无限。

佛经里最长的时间叫"阿僧祇"，是不可计算、无量数的意思。据称一阿僧祇有一千万万万万万万万万兆年，可是又说"一念遍满无量阿僧祇劫"，因此长短并没有分别。

一弹指，也是佛经的用语。一弹指有六十五刹那。有的经说一弹指有九百六十生死，有的经说一弹指之间心念转动九百六十次。还有说二十念为一瞬，二十瞬为一弹指。又有说，四百念为一弹指，一万二千弹指是一昼夜。并不是佛经不统一，而是时间乃相对的概念，不是绝对的。

有的人一分钟当千百世用，有的人千百世轮回生死业海茫茫，不及别人的一弹指。

一寸时光，就是一寸命光，每一眨眼，命光就流逝了。因此，注意当下，就是珍惜永恒的生命。

在思想与思想之间，时间一定留有空隙。只要进入那空间，有觉察的力，时间就等于智慧。

不要期待永恒的理想，若能安住在此刻的时间上，此刻就是净土，就是永恒的理想。

"万法归一，一归何处？"其实，一就展现了万法，就像一秒钟不能从一万年抽出。一万年则是由许多秒组成。

年龄不能作为智慧的依据，因为每个人都是宇宙的老人。上帝未生之前，我就存在了。这是宇宙的真实。

有理想、有壮怀的人不因时间消逝而颓唐，而是到死的瞬间还保持着向前的心。

我喜欢两副对联：

世事如棋局，不着者便是高手；
一身似瓦瓮，打破了才见真空。
两个空拳握古今，握住也须放手；
一枝金筇担朝政，担起也要歇肩。

——真是道尽了人与时间赛跑的关系，人不能与时间赛跑，但人可以包容时间、善待时间。

极大之处，有极小存在；极近之处，有极远存在；极恶之处，一定也有佛存在。

时间是空，但它创造了无限的有；时间是不可捉摸的，却制造许多可捉之物；时间的空与不空是同一质、同一味。

"万法是真如，由不变故；真如是万法，由随缘故。"时间从未变过，因为钟表、日夜都不是时间；但时间也从未住留，因为整个宇宙都是时间的痕迹，时间的道场，在为我们说缘起的法、生灭的法。

家家有明月清风

到台北近郊登山，在陡峭的石阶中途，看见一个不锈钢桶放在石头上，外面用红漆写了两个字"奉水"，桶耳上挂了两个塑料茶杯，一红一绿。在炎热的天气里喝了清凉的水，让人在清凉里感觉到人的温情，这桶水是由某一个居住在这城市里陌生的人所提供的，他是每天清晨太阳未升起时就提这么重的一桶水来，那细致的用心是颇能体会到的。

在烟尘滚滚的尘世，人人把时间看得非常重要，因为时间就是金钱，几乎到了没有人愿意为别人牺牲一点点时间的地步，即使是要好的朋友，如果没有重要的事情，也很难约集。但是当我在喝"奉水"的时候，想到有人在这上面花了时间与心思，牺牲自己的力气，就觉得在忙碌转动的世界，仍然有从容活着的人，他为自己的想法去实践某些奉献的真理，这就是"滔滔人世里，不受人惑的人"。

这使我想起童年住在乡村，在行人路过的路口，或者偏僻的荒村，都时常看到一只大茶壶，上面写着"奉茶"，有时还特别钉一个木架子把茶壶供奉起来。我每次路过"奉茶"，不管是不是口渴，总会灌一大杯凉茶，再继续前行，到现在我都记得喝茶的竹筒子，里面似乎还有竹林的清香。

我稍稍懂事的时候，看到了"奉茶"，总会情不自禁地想起乡下土地公庙的样子，感觉应该把放置"奉茶"者的心供奉起来，让人瞻仰，他们就是自己土地上的土地公，对土地与人民有一种无言无私之爱，这是"凡劳苦担重担的人，都到我这里来，我必使他得清凉"的胸怀。我想，有时候人活在这个人世，没有留下任何名姓也不是什么要紧的事，只要对生命与土地有过真正的关怀与付出，就算尽了人的责任。

很久没有看见"奉茶"了，因此在台北郊区看到"奉水"时竟低回良久，到底，不管是茶是水，在乡在城，其中都有人情的温热。山道边一杯微不足道的凉水，使我在爬山的道途中有了很好的心情，并且感觉到不是那么寂寞了。

到了山顶，没想到平台上也有一个完全相同的钢桶，这时写的不是"奉水"，而是"奉茶"，两个塑料茶杯，一黄一蓝，我倒了一杯来喝，发现茶是滚热的。于是我站在山顶俯视烟尘飞扬的大地，感觉那准备这两桶茶水的人简直是一位禅师了。在完全相同的桶里，一冷一热，一茶一水，连杯子都配得恰恰刚好，这里面到底是隐藏着怎么样的一颗心呢？

我一直认为不管时代如何改变，在时代里总会有一些卓然的人，就好像山林无论如何变化，在山林中总会有一些清越的鸟声一样。同样地，人人都会在时间里变化，最常见的变化是从充满诗情画意逍遥的心灵，变成平凡庸俗而无可奈何，从对人情时序的敏感，变为对一切事物无感。我们在股票号子里看见许多瞪着看板的眼睛，那曾经是看云、看山、看水的眼睛；我们看签六合彩的双手，那曾经是写过情书与诗歌的手；我们看为钱财烦恼奔波的那双脚，那曾经是在海边与原野散过步的脚。我们的眼耳鼻舌身意看起来仍然是与二十年前无异，可是在本质上，有时中夜照镜，已经完全看不出它们的联结，那理想主义的、追求完美的、每一个毛孔都充满了光彩的我，究竟何在呢？

清朝诗人张灿有一首短诗："书画琴棋诗酒花，当年件件不离它；而今七事都更变，柴米油盐酱醋茶。"很能表达一般人在时空中流转的变化，从"书画琴棋诗酒花"到"柴米油盐酱醋茶"，人的心灵必然是经过了一番极大的动荡与革命，只是凡人常不自觉自省，任庸俗转动罢了。

其实，有伟大怀抱的人物也未能免俗，梁启超有一首《水调歌头》我特别喜欢，其后半阕是："千金剑，万言策，两蹉跎。醉中呵壁自语，醒后一滂沱。不恨年华去也，只恐少年心事，强半为稍磨。愿替众生病，稽首礼礼维摩。"我自己的心境很接近梁任公的这首词，人生的际遇不怕年华老去，怕的是少年心事的"稍磨"，到最后只有"醒后一滂沱"了。

在人生道路上，大部分有为的青年，都想为社会、为世界、为人类"奉茶"，只可惜到后来大半的人都回到自己家里喝老人茶了。还有一些人，连喝老人茶自遣都没有兴致了，到中年还能有奉茶的心，是非常难得的。

有人问我，这个社会最缺的是什么东西？

我认为最缺的是两种，一是"从容"，一是"有情"。这两种品质是大国民的品质，但是由于我们缺少"从容"，因此很难见到步履雍容、识见高远的人；因为缺少"有情"，则很难看见乾坤朗朗、情趣盎然的人。

社会学家把社会分为青年社会、中年社会、老年社会，青年社会有的是"热情"，老年社会有的是"从容"。我们正好是中年社会，有的是"务实"，务实不是不好，但若没有从容的生活态度与有情的怀抱，务实到最后正好是柴米油盐酱醋茶，牺牲了书画琴棋诗酒花。一个彻底务实的人正是死了一半的俗人，一个只知道名利实务的社会，则是僵化的庸俗社会。

在《大珠禅师语录》里记载了禅师与一位讲《华严经》座主的对话，可以让我们看见有情从容的心是多么重要。

座主问大珠慧海禅师："禅师信无情是佛否？"

大珠回答说："不信。若无情是佛者，活人应不如死人；死驴死狗，亦应胜于活人。经云：佛身者，即法身也，从戒定慧生，从三明六通生，从一切善法生。若说无情是佛者，大德如今便死，应作佛去。"

这说明禅的心是有情，而不是无知无感的，用到我们实际的人生也是如此，一个有情的人虽不能如无情者用那么多的时间来经营实利（因为情感是要付出时间的），可是一个人如果随着冷漠的环境而使自己的心也沉滞，则绝对不是人生之福。

人生的幸福在很多时候是得自于看起来无甚意义的事，例如某些对情爱与知友的缅怀，例如有人突然给了我们一杯清茶，例如在小路上突然听见冰果店里传来一段喜欢的乐曲，例如在书上读到了一首动人的诗歌，例如偶然听见桑间濮上的老妇说了一段充满启示的话语，例如偶然看见一朵酢浆花的开放……总的说来，人生的幸福来自于自我心扉的突然洞开，有如在阴云中突然阳光显露、彩虹当空，这些看来平淡无奇的东西，是在一株草中看见了琼楼玉宇，是由于心中有一座有情的宝殿。

"心扉的突然洞开"，是来自于从容，来自于有情。

生命的整个过程是连续而没有断灭的，因而年纪的增长等于是生活资料的累积，到了中年的人，往往生活就纠结成一团乱麻了，许多人畏惧这样的乱麻，就拿黄金酒色来压制，企图用物质的追求来麻醉精神的僵滞，以至于心灵的安宁和融都展现成为物质的累积。

其实，可以不必如此，如果能有较从容的心情，较有情的胸襟，则能把乱麻的线路抽出、理清，看清我们是如何地失落了青年时代理想的追求，看清我们是在什么动机里开始物质权位的奔逐，然后想一想：什么是我要的幸福呢？我最初所想望的幸福是什么？我的波动的心为何不再震荡了呢？我是怎么样落入现在这个古井的呢？

我时常想起童年时代，那时社会普遍贫穷，可是，大部分人都有丰富的人情，人与人之间充满了关怀，人情义理也不曾被贫苦生活昧却，乡间小路的"奉茶"正是人情义理最好的象征。记得我的父亲常挂在嘴上的一句话是："人活着，要像个人。"当时我不懂这句话的含义，现在才算比较了解其中的玄机。人即使生活条件只能像动物那样，人也不应该活得如动物失去人的有情、从容、温柔与尊严，在中国历代的忧患悲苦之中，中国人之所以没有失去本质，实在是来自这个简单的意念："人活着，要像个人！"

人的贫穷不是来自生活的困顿，而是来自在贫穷生活中失去人的尊严；人的富有也不是来自财富的累积，而是来自在富裕生活里不失去人的有情。人的富有实则是人心灵中某些高贵物质的展现。

家家都有明月清风，失去了清风明月才是最可悲的！

喝过了热乎乎的"奉茶"，我信步走入林间，看到落叶层缝中有许多美丽的褐色叶片，拾起来一看，原来是褐蝶的双翼因死亡而落失在叶中，看到蝴蝶的翼片与落叶交杂，感觉到蝴蝶结束了一季的生命其实与树叶无异，尘归尘、土归土，有一天都要在世界里随风逝去。

人的身体与蝴蝶的双翼又有什么两样呢？如果活着的时候不能自由飞翔，展现这片赤诚的身心，让我们成为宇宙众生迈向幸福的阶梯，反而成为庸俗人类物质化的踏板，则人生就失去其意义，空到人间走一回了！

　　下山的时候，我想，让我恒久保有对人间有情的胸怀，以及一直保持对生活从容的步履；让我永远做一个为众生奉茶供水，在热闹中得到清凉的人。

玻 璃 心

　　台湾大学法律研究所一年级的女学生，以晒衣绳在宿舍上吊自杀，她一个月前才通过律师高考。遗书写着"觉得活得很累""受不了一次又一次的感情失败"。

　　中山大学四年级的男学生自杀身亡，外在环境根本没有自杀的理由，但他的遗书说"活着无聊""人生没有什么意义"。

　　一位中学女生因为考试成绩不好，受到同学嘲笑，一时想不开，当场从学校大楼跳下自杀，死在校园中庭。

　　台湾大学社会系三年级的学生，自幼品学兼优，大学一、二年级都是第一名，三年级得了第三名，悲伤自杀。

　　小学女学生因细故被父亲责骂，在家里喝农药自杀。

　　师范大学附属中学二年级学生，由于模拟考试不理想，从自家顶楼跳楼自杀。

……

这是近几个月来令我印象深刻的"学生自杀事件",相信不是单一的事件,也不是偶发的事件,根据台北地区张老师的统计,光是去年一年,打电话找张老师求救、挣扎于自杀边缘的青少年共有一万四千名以上。那些自杀而没有刊登于媒体的比例一定是很大的,如果我们留心报纸杂志,就会发现自杀已经成为这个社会"家常便饭"的事了。

自杀绝非小事,不只是自绝自戮自己的宝贵生命,也等于刺杀父母亲朋的心,因此,每次我看到有自杀的报道,不只为年轻庄严的生命深感痛惜,也为他们的父母悲哀,特别是那些优秀的孩子,不知道自杀前有没有想过父母的容颜?自杀不只是懦弱,简直是冷酷的,使我忍不住想起苏东坡的话:"能自拼者,能杀人也!"

几个月前,朋友带我去探视他自杀未亡的弟弟,他的弟弟因吸食安非他命,从四楼跳下来自杀,结果脊椎折断,下半身瘫痪,整天只能躺在床上,连大小便都不能自理。

这位年轻健壮的青年只有二十岁,已经连累得他的哥哥不敢结婚,年老的父母为了照顾他相继病倒。

他红着眼睛对我说:"林大哥,我真后悔自己以前做的事。现在,我才醒了。"

我因为好友的弟弟说出这句话,内心暗暗感伤悲痛,如果在还没有纵身一跃前就醒了,不知有多好?

现在的年轻人不知珍爱生命、无法忍耐挫折的情况是令人吃惊的。

两年前,我的住家要重新油漆,从报纸上找到一位油漆匠,说明工期十五天,每五天付三分之一的工钱。

油漆匠做了五天，领去第一次的工钱，从此就消失了，我因为家里油漆一半，着急不已，电话打去，没人接听，跑去他家按门铃，也没有人在，连续五天，我焦头烂额，正想再找一个油漆匠。

第六天，油漆匠出现了，我问他："你怎么不见了，也不通知一声？"

他若无其事地说："六天前，我觉得人生无聊，吃了一瓶安眠药自杀，结果没死，睡到今天早上醒来，想到这边工作没做完，就来工作，做完再死也不迟！"

我呆立在那里，不知所措。现在两年过去了，我还时常担心那油漆匠是否还活在世上。

一个社会上，青少年动不动就自杀，那是什么样的社会呀？

日本的医学界把战后一代不能忍受挫折痛苦的青年，称为"玻璃心症候群"，认为是一种需要治疗的疾病。但是，"玻璃心症候群"用什么药可以治疗呢？我想，大概需要更多的爱与考验吧！

社会、环境、学校、家庭可以做的就是重建价值系统，想一想，一个环境中，为了考试，可以牺牲年轻人的生活、健康，不顾他们的成长与快乐，他们如何能看到生命的光明呢？

有许多还没有走上大学的楼梯，就因压力夭折了；有许多上了最好的大学，发现生命竟建立在这么荒诞的基础上，就崩溃了。

透明、脆弱、单薄的玻璃心，学校是火炉、社会是吹管，我们每一位成人都是制造者，冷漠坚硬的价值体系随时碰撞玻璃心，天天都有破碎的声音，这样一想，更感到心痛不已。

射出去的箭

旧时在乡间，我亲手种植过的两种植物，常常给我很深刻的启示。

一种是竹子，一种是香蕉树，这两种植物都是靠着从根部长出的芽来繁殖的。竹子旁边长出的竹笋，通常要八到十年才会长成熟，当一株母竹长出幼苗的时候，为了让幼苗有自己的天地，长得高，长得好，就要通过移植，将幼苗移开母竹，另外找一块土地栽种它。

香蕉树又不同，一株香蕉只能结一次果，收割香蕉的时候，就顺便将母株砍断，保留它根部的幼苗，死去的母株则成为幼苗最好的肥料；如果不砍断母株，那幼苗就难以长大，难以结出更好的香蕉。

大自然的生灭及转换，全是经过这样的过程，所有会结果的植物，它的果必然是从母株脱落后才能在土地上重生；如果它留在树上，永远只是个果，不能长得像它的父母一样高大。

这些果，有时是和母体的根部相连，有的是在母体附近，另有一些繁殖力更强的植物，它们的种子会飘向更远的地方，像蒲公英的种子、棉花的种子，银合欢的种子，在强风的吹袭下，往往会飞到几里甚至几十里外的地方，假如飘进河里，它可能流到另外的国度。

虽然植物的孩子离开了母亲也可能枯萎，可能毁灭，但它如果不离开母亲，就永远没有新的生机。从更大的角度来看，植物的孩子并不属于母亲，而属于大地。

动物也是如此。强大如狮子老虎，固然是年幼时期就要各自独立，弱小如兔子鸟雀，也不能永远在父母的羽翼之下。离开父母的动物有两个下场：一是不能独立而失败，二是自己发展而茁壮；倘若它不肯离开，就只有前面一种下场。

动植物是不是深明这个道理，我不知道，但这是自然的演变与进化，则是无可置疑的。

我不明白的是，为什么自喻万物之灵的人中，有许多人总不能体会这个道理。父母都害怕子女有一天会离开他们，都希望他们继承家业，因此，在子女幼小的时候，我们就为他们规划好了日后的路，期待他们往那划定的方向走；有的寄望他们走我们走过的旧路，有的企求他们完成我们未竟的理想。

这些既定的路是违反自然的，于是悲剧就不断地发生，像逼迫孩子考大学，不顾孩子的兴趣，孩子为了反抗而自杀。像反对儿子的婚姻，致使情爱生变，儿子纵火杀人。像对孩子的期望太高，他无力达成，为了自求毁灭而抢劫了银行。这都是最近的社会新闻。在实际的人生中，亲子两代的问题更不知凡几。可叹的是，悲剧的肇因是父母不肯让孩子选择自己的路。当我看到悲剧发生后，父母悔恨痛苦地流泪，不知何以自处的时候，就觉得在这一方面，人实在不如一株小小的蒲公英。

每一只野鸽子都有它自己的黄昏，为什么父母一定要为孩子决定自己承受过的迟暮景色？每一株野百合只开百合花，为什么有的父母希望在野百合的株上开出蝴蝶兰呢？父母有什么权利为孩子决定他的大学、他的婚姻、他的事业、他的一生，难道他们有能力伴随他度过整个生命历程吗？

我想起多年以前读过纪·哈·纪伯伦的《先知》，里面有关于孩子的一章，他说：

　　你的孩子并不是你的。

　　他们是"生命"的子与女，

　　产生于"生命"对它自身的渴慕。

　　他们经你而生，却不是你所造生。

　　虽然他与你同在，却不属于你。

　　你可以给他们你的爱，却不是你的思想，

　　因为他们有他们自己的思想。

　　你可以供他们的身体以安居之所，

　　却不可锢范他们的灵魂。

　　因为他们的灵魂居住在明日之屋，

　　甚至于你在梦中亦无法探访。

　　你可以奋力以求与他相像，但不要设法使他们肖似你。

　　因为生命不能回溯，也不滞恋昨日。

　　你是一具弓，

你的子女好比有生命的箭，借你而射向前方。

我觉得纪伯伦的《先知》中谈孩子谈得最好，天下望子成龙的父母都应该一读。我们造一支箭要花费很多的时间，我们射箭的时候要用很大的力气，但是我们既造了箭，如果不射出去，再精致的箭又有什么用呢？

大自然的启示是无穷的，所有动植物的孩子都是"大地之子"，而不是属于他们的父母；所有的孩子都是为了明日而生，不是为父母的过去而生。我们宁可让他们在挫折与磨炼中成长，也不要让他们成为温室中的小花。

有哪一种动植物的父母，会为他们的孩子找好落地的地方呢？

牡丹也者

温莎公爵夫人过世的那一天，正巧是故宫博物院至善园展出牡丹的第一天。

真是令人感叹的巧合，温莎公爵夫人是本世纪最动人的爱情故事的主角，而牡丹恰是中国历史上被认为是最动人的花。一百盆"花中之后"在春天的艳阳中开放，而一朵伟大的"爱情之花"却在和煦的微风中凋谢了。

我们赶着到外双溪去看牡丹，在人潮中的牡丹显得是多么脆弱呀！因为人群中蒸腾的浊气竟使它们提前凋谢了，保护牡丹的冰块被放置在花盆四周，平衡了人群的热气。

好不容易拨开人群，冲到牡丹面前，许多人都会发出一声叹息：终于看到了一直向往着的牡丹花！接下来则未免快快：牡丹花也像是芙蓉花、大理菊一样，不过如此，真是一见不如百闻哪！在回程的路上，不免兴起一些感慨，我们心中所存在的一些美好的想象，有时候禁不起真实的面对，这种面对碎裂了我们的美好与想象。

我不是这一次才见到牡丹的，记得两年前在日本旅行，朋友约我到东京郊外看牡丹花展，那一夜差一点令我在劳顿的旅次中也为之失眠，心里一直梦想着从唐朝以来一再点燃诗人艺术家美感经验的帝王之花的姿容。自然，我对牡丹不是那么陌生的，我曾在无数的扇面、册页、巨作中见过画家最细腻翔实的描绘，也在无数的诗歌里看到那红艳凝香的侧影，可是如今要去看活生生地开放着的牡丹花，心潮也不免为之荡漾。

在日本看到牡丹的那一刻，可以说是失望的，那种失望并不是因为牡丹不美，牡丹还是不愧其帝王之花、花中之后的称号，有非常之美，但是距离我们心灵所期待的美丽还是不及的。而且，牡丹一直是中国人富贵与吉祥的象征，富贵与吉祥虽好，多少却带着俗气。

看完牡丹，我在日本花园的宁静池畔坐下，陷进了沉思：是我出了问题？还是牡丹出了问题？为什么人人说美的牡丹，在我的眼中也不过是普通的花呢？

牡丹还是牡丹，唐朝在长安是如此，现代在东京也仍然如此，问题是出在我自己身上，因为历史上我所喜爱的诗人、画家，透过他们的笔才使我在印象里为牡丹铸造了一幅过度美丽的图象，也因为我生长在台湾，无缘见识牡丹，把自己的乡愁也加倍地放在牡丹艳红的花瓣上。

假如牡丹从来没有经过歌颂，我会怎样看牡丹呢？

假如我家的院子里，也种了几株牡丹呢？

我想，牡丹也将如我所种的菊花、玫瑰、水仙一样，只是美丽，还可以欣赏的一种花吧！

我怀着落寞的心情离开了日本的花园，在参天的松树林间感觉到一种看花从未有过的寂寞。

唯一使我深受震动的，是在花园的说明书里，我看到那最美的几种牡丹是中国的品种，是在唐宋以后陆续传种到日本的。在春天的时候，日本到处都开着中国牡丹，反倒是居住在中国南方的汉人有一些终生未能与牡丹谋上一面。

花园边零售的摊位上，有贩售牡丹种子的小贩，种子以小袋包装，我的日本朋友一直鼓舞我买一些种子回台湾播种，我挑了几品中国的种子回来，却没有一粒种子在我的花盆中生芽。

这一次在故宫至善园看牡丹花展，识得牡丹的朋友却告诉我说："这些牡丹是日本种，从日本引进种植成功的。"

"日本种不就是中国种吗？"我问。

"最原始的品种当然还是中国种，可是日本人非常重视牡丹，他们改良了品种，增加了花色，中国种比较起来就有一些逊色了。"

这倒真是始料未及的事，日本人以中国的品种为好，我们倒以日本的品种为好了。那些无知的牡丹，几乎不知道自己是哪里的品种，只要控制了气温与环境，它就欣悦地开放。对于中国的牡丹，这一段奇异的路真是不可知的旅程啊！

日本看牡丹，台北看牡丹，有一种心情是相同的，即是牡丹虽好，有种种不同的高贵的名字，也只是一种花而已。要说花，我们自己亲手所种植，长在普通花泥花盆里的花，才是最值得珍惜的，虽无掀天身价，到底是我们自己的花。

从至善园回来，我在阳台上浇花，看到自己种的一盆麒麟草，因为春光，在尾端开出一些淡红的小花，一点也不稀奇，摆在路上也不会引人驻足，但它真是美，比我所看见的牡丹毫不逊色。因为在那么小的花里，有我们的心血，有我们的关体，以及我们的爱。

温莎公爵与夫人也是如此，一宗曾使全世界的恋人为之落泪动容的爱情，从我们年幼的时候，就飘荡在我们的胸腔之中，然后我们立下了这样的志向：如果我右手有江山，左手有美人，我也要放下右手的江山来拥抱左手的美人。

可是志向只是志向，我们不可能同时拥有江山与美人，要是有，可能也放不下，连一代枭雄拿破仑都办不到，他的境界只留在"醉卧美人膝，醒掌天下权"的境界。

一般人为爱情作小小的牺牲都难以办到，何况是舍弃江山去追求爱情呢？

试想当年，风度翩翩的威尔斯王子，准备继承他父亲乔治五世的王位成为爱德华八世，加上他容貌出众，干练而有理想，是那个时代全世界最受少女仰慕的王子，以他的风采与地位，要找一位最美丽、最杰出、最聪明的妻子，简直是易如反掌。

他应该拥有最好、最美的一朵牡丹，这也是全英国的期望。

可是他喜欢的不是牡丹。

他爱上了一个离过婚的有夫之妇——辛普森夫人。

辛普森夫人本名华丽丝，当年三十四岁，是伦敦商人艾奈斯特的太太，既不年轻也不貌美，既不富裕又没有受过良好教育，她的身体也不健康，胃病时时发作。在一九三〇年代英国人民的眼中，辛普森夫人简直一无是处，偏偏他们的国王爱上了这个女子。

那种心情是可以想见的，就如同我们有一园子盛开的牡丹，请朋友来观赏，朋友在园子里绕了半天却说，花园角落那一株紫色的酢浆草开得真是美。

华丽丝就像那株紫色酢浆草，而且还不是初开的，已经是第三次开放。

后来，爱德华八世如何为了华丽丝，不惜与首相闹翻，放弃江山，是大家都知道的故事，也成为这个冷漠无情的世纪里，一个真实动人的爱情典范。

我并不想评述这段爱情，我有兴趣的是，人人都说牡丹好，如果我们觉得牡丹的美不如朱槿花，为什么不勇敢地说出来呢？或者说当我们面对爱情的试炼之时，是不是能打开一切条件的外貌，去触及真实本然的面目呢？是不是能把物质的一切放在一边，做心灵真正的面对呢？

这个世界，许多女人都拥有钻石、珠宝、貂皮大衣，但是真正觉得钻石、珠宝、貂皮大衣美丽的女人极少，绝大部分是只知道它的价钱。

我们在钻石的光芒中找到的美不一定是纯粹的美，我们在海边无意拾获的贝壳之美才是纯粹的美。我们在标价百万的兰花上看到的美不一定是真实的美，我们在路边无意中看见的油菜花随风翻飞才是真实的美。

爱与牡丹也是如此。

爱德华八世和辛普森夫人的爱不一定是纯粹与真实的美，只有还原到大卫与华丽丝，才有了纯粹与真实之美。

牡丹如果是放在花盆里用冰块冰着，供给众人瞥看一眼，不是真美；只有它还原到大地上，与众花同在，从土地生发，才是真美。

我们不必欣羡爱德华与辛普森，我们只要珍惜自己拥有的小小的爱就够了，我们的爱虽平凡渺小，即使有人送我江山，也是不可更换的。爱之伟大无如我者，小小江山何足道哉！

我们也不必欣羡牡丹，我们只要宝爱自己所拥有的菊花、玫瑰、蔷薇、茉莉，乃至鸡冠花、鸡屎菊也就是了。在这个大地上，繁花锦绣无不是美，我对美的见识如此壮大，小小牡丹何足道哉！

把帝王之花还给帝王。

把花中之后还给皇后。

我只把最真实、最纯朴、最能与我的美感或爱情相呼吸的留给我自己，我自己就是江山，我自己就是一个具足的宇宙。

三生石上旧精魂

宋朝的大诗人、大文学家苏东坡曾经写过一个非常有趣的故事《僧圆泽传》，这个故事发生于唐朝，距离苏东坡的年代并不远，而且人事时地物都记载得很详尽，相信是个真实的故事。

原文是文言文，采故事体，文章也浅白，所以并不难懂，我把原文附在下面，加上我自己的分段标点：

僧圆泽传

洛师惠林寺，故光禄卿李憕居第。禄山陷东都，憕以居守死之。

子源，少时以贵游子，豪侈善歌闻于时。及憕死，悲愤自誓，不仕、不娶、不食肉，居寺中五十余年。

寺有僧圆泽，富而知音，源与之游，甚密，促膝交语竟日，人莫能测。

一日相约游青城峨眉山，源欲自荆州溯峡，泽欲取长安斜谷路，源不可，曰："吾已绝世事，岂可复道京师哉？"泽默然久之，曰："行止固不由人。"遂自荆州路。

舟次南浦，见妇人锦裆负瓮而汲者，泽望而泣曰："吾不欲由此者，为是也。"

源惊问之，泽曰："妇人姓王氏，吾当为之子，孕三岁矣！吾不来，故不得乳。今既见，无可逃者，公当以符咒助我速生。三日浴儿时，愿公临我，以笑为信。后十三年，中秋月夜，杭州天竺寺外，当与公相见。"

源悲悔，而为具沐浴易服，至暮，泽亡而妇乳。三日往视之，儿见源果笑，具以语王氏，出家财，葬泽山下。

源遂不果行，反寺中，问其徒，则既有治命矣！

后十三年，自洛适吴，赴其约。至约所，闻葛洪川畔，有牧童，扣牛角而歌之曰：

三生石上旧精魂，赏月吟风莫要论；

惭愧情人远相访，此身虽异性长存。

呼问："泽公健否？"

答曰："李公真信士，然俗缘未尽，慎勿相近，惟勤修不堕，乃复相见。"
又歌曰：

身前身后事茫茫，欲话因缘恐断肠；

204

吴越山川寻已遍，却回烟棹上瞿塘。

遂去，不知所之。

后二年，李德裕奏源忠臣子笃孝。拜谏议大夫，不就。竟死寺中，年八十。

生平一瓣香

你提到我们少年时代，常坐在淡水河口看夕阳斜落，然后月亮自水面冉冉上升的景况，你说："我们常边饮酒边赋歌，边看月亮从水面浮起，把月光与月影投射在河上，水的波浪常把月色拉长又挤扁，当时只是觉得有趣，甚至痴迷得醉了。没想到去国多年，有一次在密西西比河水中观月，与我们的年少时光相叠，故国山川争如水中之月、镜中之花，挤扁又拉长，最后连年轻的岁月也成为镜花水月了。"

这许多感怀，使你在密西西比河畔因而为之动容落泪，我读了以后也是心有戚戚。才是一转眼间，我们竟已度过几次爱情的水月镜花，也度过不少挤扁又拉长的人世浮嚣了。

还记否？当年我们在木栅的小木屋里临墙赋诗，我的木屋中四壁萧然，写满了朋友们题的字句，而门上扁额写的是一首"困龙吟"。有一次夜深了，我在小灯下读钱锺书的《谈艺录》，窗外月光正照在小湖上，远听蛙鸣，我把书里的两段话用毛笔写在墙上：

　　水月镜花，固可见而不可提，然必有此水而后月可印潭；有
此镜而后花可映面。

　　水与镜也，兴象风神，月与花也，必水澄镜朗，然后花月宛然。

　　那时我是相当穷困，住在两坪大只有一个书桌的小屋，我唯一的财产是满屋的书以及爱情。可是我是富足的，当我推开窗子，一棵大榕树面窗而立，树下是植满了荷花的小湖，附近人家都是那么亲善，有时候，我为了送女友一串风铃到处告贷，以书果腹，你带酒和琴来，看到我的窘状，在我的门口写下两句话：

　　月缺不改光，剑折不改刚。

　　我在醉酒之后也高歌："我醉欲眠君且去，明朝有意抱琴来。"那似乎是我们穷到只要有一杯酒、一卷书，就满足地觉得江山有待了。后来我还在穷得付不出房租的时候，跳窗离开那个木屋。

　　前些日子我路过，顺道转去看那一间我连一个月三百元房租都缴不起的木屋，木屋变成一幢高楼，大榕树魂魄不在，小湖也盖了一幢公寓，我站在那里怅望良久，竟然忘了自己身在何方，真像京戏"游园惊梦"里的人。

　　我于是想到世事一场大梦，书香、酒魄、年轻的爱与梦想都离得远了，真的是镜花水月一场，空留去思。可是重要的是一种回应，如果那镜是

清明，花即使谢了，也曾清楚地映照过；如果那水是澄朗，月即使沉落了，也曾明白地留下波光。水与镜似乎都是永恒的事物，明显如胸中的块垒，那么，花与月虽有开谢升沉，都是一种可贵的步迹。

我们都知道击石取火是祖先的故事，本来是两个没有生命的石头，一碰撞却生出火来，石中本来就有火种——再冷酷的事物也有它感性的一面——，不断地敲击就有不断的火光，得火实在不难，难的是，得了火后怎么使那微小的火种得以不灭。镜与花，水与月本来也不相干，然而它们一相遇就生出短暂的美，我们怎么样才能使那美得以永存呢？

只好靠我们的心了。

就在我正写信给你的时候，突然浮起两句古诗："笼中剪羽，仰看百鸟之翔；侧畔沉舟，坐阅千帆之过。"爱与生的美和苦恼不就是这样吗？岁月的百鸟一只一只地从窗前飞过，生命的千帆一艘一艘地从眼中航去，许多飞航得远了，还有许多正从那些不可测知的角落里航过来。

记得你初到康涅狄格不久，曾经为了想喝一碗掺柠檬水的爱玉冰不可得而泪下，曾经为了在朋友处听到雨夜花的歌声而胸中翻滚，那说穿了也是一种回应，一种掺和了乡愁和少年情怀的回应。

我知道，我再也不可能回到小木屋去住了，我更知道，我们都再也回不到小木屋那种充满了精纯的真情的岁月了，这时节，我们要把握的便不再是花与月，而是水与镜，只要保有清澄朗净的水镜之心，我们还会再有新开的花和初升的月亮。

有一首词我是背得烂熟了，是陈与义的"临江仙"：

忆昔午桥桥上饮，
座中尽是豪英。

长沟流月去无声。

杏花疏影里,

吹笛到天明。

二十余年如一梦,

此身虽在堪惊。

闲登小阁看新晴。

古今多少事,

渔唱起三更。

　　我一直觉得,在我们不可把捉的尘世的运命中,我们不要管无情的背弃,我们不要管苦痛的创痕,只要维持一瓣香,在长夜的孤灯下,可以从陋室里的胸中散发出来,也就够了。

　　连石头都可以撞出火来,其他的还有什么可畏惧呢?

冰糖芋泥

　　每到冬寒时节，我时常想起幼年时候，坐在老家西厢房里，一家人围着大灶，吃母亲做的冰糖芋泥。事隔二十几年，每回想起，齿颊还会涌起一片甘香。

　　有时候没事，读书到深夜，我也会学着妈妈的方法，熬一碗冰糖芋泥，温暖犹在，但味道已大不如前了。我想，冰糖芋泥对我，不只是一种食物，而是一种感觉，是冬夜里的暖意。

　　成长在台湾光复后几年的孩子，对番薯和芋头这两种食物，相信记忆都非常深刻。早年在乡下，白米饭对我们来讲是一种奢想，三餐时，饭锅里的米饭和番薯永远是不成比例的，有时早上喝到一碗未掺番薯的白粥，就会高兴半天。

　　生活在那种景况中的孩子只有自求多福，但最难为的恐怕是妈妈，因为她时刻都在想如何为那简单贫乏的食物设计一些新的花样，让我们不感到厌倦，并增加我们的生活趣味。我至今最怀念的是母亲费尽心机在食物上所创造的匠心和巧意。

打从我刚学会走路的时候，就经常在午反的空闲里，随着母亲到田中采摘野菜，她能分辨出什么野菜可以食用，且加以最可口的配方。譬如有一道菜叫"乌莘菜"的，母亲采下那最嫩的芽，用太白粉烧汤，那又浓又香的汤汁我到今天还不敢稍稍忘记。

即使是番薯的叶子，摘回来后剥皮去丝，不管是火炒，还是清煮，都有特别的翠意。

如果遇到雨后，母亲就拿把铲子和竹篮，到竹林中去挖掘那些刚要冒出头来的竹笋，竹林中阴湿的地方常生长着一种可食用的蕈类，是银灰而带点褐色的。母亲称为"鸡肉丝菇"，炒起来的味道真是如同鸡肉丝一样。

就是乡间随意生长的青凤梨，母亲都有办法变出几道不同的菜式。

母亲是那种做菜时常常有灵感的人，可是遇到我们几乎天天都要食用，等于是主食的番薯和芋头则不免头痛。将番薯和芋头加在米饭里蒸煮是很容易的，可是如果天天吃着这样的食物，恐怕脾气再好的孩子都要哭丧着脸。

在我们家，番薯和芋头都是长年不缺的，番薯种在离溪河不远处的沙地，纵在最困苦的年代，也会繁茂的生长，取之不尽，食之不绝，芋头则种在田野沟渠的旁边，果实硕大坚硬，也是四季不缺。

我常看到母亲对着用整布袋装回来的番薯和芋头发愁，然后她开始在发愁中创造，企图用最平凡的食物，来做最不平凡的菜肴，让我们整天吃这两种东西不感到烦腻。

母亲当然把最好的部分留下来掺在饭里，其他的，她则小心翼翼地将之切成薄片，用糖、面粉，和我们自己生产的鸡蛋打成糊状，薄片沾着粉糊下到油锅里炸，到呈金黄色的时刻捞起，然后用一个大的铁罐盛装，就成为我们日常食用的饼干。由于母亲故意宝爱着那些饼干，我们吃的时候是用分配的，所以就觉得格外好吃。

即使是番薯有那么多，母亲也不准我们随便取用，她常谈起日据时代空袭的一段岁月，说番薯也和米饭一样重要。那时我们家还用烧木柴的大灶，下面是排气孔，烧剩的火灰落到气孔中还有温热，我们最喜欢把小的红心番薯放在孔中让火烬焖熟，剥开来真是香气扑鼻。母亲不许我们这样做，只有得到奖赏的孩子才有那种特权。

记得我每次考了第一名，或拿奖状回家时，母亲就特准我在灶下焖两个红心番薯以作为奖励；我以灶里探出焖熟的番薯，心中那种荣耀的感觉，真不亚于在学校的讲台上领奖状，番薯吃起来也就特别有味。我们家是个大家庭，我有十四个堂兄弟，四个堂姐，伯父母都是早年去世，由母亲主理家政，到今天，我们都还记得领到两个红心番薯是一个多么隆重的奖品。

番薯不只用来做饭、做饼、做奖品，还能与东坡肉同卤，还能清蒸，母亲总是每隔几日就变一种花样。夏夜里，我们做完功课，最期待的点心是，母亲把番薯切成一寸见方，和凤梨一起煮成的甜汤；酸甜兼具，颇可以象征我们当日的生活。

芋头的地位似乎不像番薯那么重要，但是母亲的一道芋梗做成的菜肴，几乎无以形容；有一回我在台北天津卫吃到一道红烧茄子，险险落下泪来，因为这道北方的菜肴，它的味道竟和二十几年前南方贫苦的乡下，母亲做的芋梗极其相似。本来挖了芋头，梗和叶都要丢弃的，母亲却不舍，于是芋梗做了盘中餐，芋叶则用来给我们上学做饭包。

芋头孤傲的脾气和它流露的强烈气味是一样的，它充满了敏感，几乎和别的食物无法相容。削芋头的时候要戴手套，因为它会让皮肤麻痒，它的这种坏脾气使它不能取代番薯，永远是个二副，当不了船长。

我们在过年过节时，能吃到丰盛的晚餐，其中不可少的一样是芋头排骨汤，我想全天下，没有比芋头和排骨更好地配合了，唯一能相提并论的是莲藕排骨，但一浓一淡，风味各殊，人在贫苦的时候，大多是更喜爱浓烈的味道。母亲在红烧鲢鱼头时，炖烂的芋头和鱼头相得益彰，恐怕也是天下无双。

最不能忘记的是我们在冬夜里吃冰糖芋泥的经验，母亲把煮熟的芋头捣烂，和着冰糖同熬，熬成迹近晶蓝的颜色，放在大灶上。就等着我们做完功课，给检查过以后，可以自己到灶上舀一碗热腾腾的芋泥，围在灶边吃。每当知道母亲做了冰糖芋泥，我们一回家便赶着做功课，期待着灶上的一碗点心。

冰糖芋泥只能慢慢地品尝，就是在最冷的冬夜，它也每一口都是滚烫的。我们一大群兄弟姐妹站立着围在灶边，细细享受母亲精制的芋泥，嬉嬉闹闹，吃完后才满足地回房就寝。

二十几年时光的流转，兄弟姐妹都因成长而星散了，连老家都因盖了新屋而消失无踪，有时候想在大灶边吃一碗冰糖芋泥都已成了奢想。天天吃白米饭，使我想起那段用番薯和芋头堆积起来的成长岁月，想吃去年腌制的萝卜干吗？想吃雨后的油焖笋尖吗？想吃灰烬里的红心番薯吗？想吃冬夜里的冰糖芋泥吗？有时想得不得了，心中徒增一片惆怅，即使真能再制，即使母亲还同样的刻苦，味道总是不如从前了。

我成长的环境是艰困的，因为有母亲的爱，那艰困竟都化成甜美，母亲的爱就表达在那些看起来微不足道的食物里面；一碗冰糖芋泥其实没有什么，但即使看不到芋头，吃在口中，可以简单地分辨出那不是别的东西，而是一种无私的爱，无私的爱在困苦中是最坚强的。它纵然研磨成泥，但每一口都是滚烫的，是甜美的，在我们最初的血管里奔流。

在寒流来袭的台北灯下，我时常想到，如果幼年时代没有吃过母亲的冰糖芋泥，那么我的童年记忆就完全失色了。

我如今能保持乡下孩子恬淡的本性，常能在面对一袋袋知识的番薯和芋头，知所取舍变化，创造出最好的样式，在烦闷发愁时不失去向前的信心，我确信与我童年的生活有着密切的关系。因为母亲的影子在我心里最深刻的角落，永远推动着我。

写在水上的字

　　生命的历程就像写在水上的字，顺流而下，想回头寻找的时候总是失去了痕迹。因为在水上写字，无论多么费力，那字都不能永恒，甚至是不能成形的。

　　因此，如果我们企图停驻在过去的快乐里，那真是自寻烦恼，而我们不时从记忆中想起苦难，反而使苦难加倍。生命历程中的快乐或痛苦，欢欣或悲叹只是写在水上的字，一定会在时光里流走。

　　就像无常的存在是没有实体的。

　　实体的感受只是因缘的聚合，如同水与字一般。

　　身如流水，日夜不停流去，使人在闪灭中老去。

　　心也如流水，没有片刻静止，使人在散乱中迷茫地活着。

　　身心俱幻，正如在流水上写学，第二笔未写，第一笔就流到远方。

爱，也是在流水上写字，当我们说爱的时候，爱之念已流到远处。

美丽的爱是写在水上的诗，平凡的爱是写在水上的公文，爱的誓言是流水上偶尔漂过的枯叶，落下时，总是无声地流走。

身心无不迁灭，爱欲岂有常驻之理？

既然生活在水上，且让我们顺着水的因缘自然地流下去。看见花开，知道是花的因缘具足了，花朵才得以绽放；看见落叶，知道是落叶的因缘具足了，树叶才会落下来。在一群陌生人之中，我们总会遇见那些有缘的人。等到缘尽了，我们就会如梦一样忘记他的名字和面孔，他也如写在水上的一个字，在因缘中散灭了。

我们生活着为什么会感觉到恐惧、惊怖、忧伤与苦恼？那是由于我们只注视写下的字句，却忘记字是写在一条源源不断的水上。水上的草木一一排列，它们互相并不顾望，顺势流去。人的痛苦在于前面的浮草思念着后面的浮木，后面的水泡又想看看前面的浮沤。只要我们认清字是写在水上，就能够心无挂碍，无有恐怖，远离颠倒梦想。

不能认清生命的历程是写在水上的字的人，是以迷心来看世界，世界就会变成一张网。挑起一个网目，就罩在千百个网目的痛苦中。

认清了万法如水，万事万物是因缘偶然的聚合，这是以慧心来观世界，世界就与自己的身心同时清净，冲破因缘之网而步上菩提之道。

在汹涌的波涛与急速的漩涡中，顺流而下的人，是不是偶尔会抬起头来，发现自己原是水上的一个字呢？

这种发现，是觉悟的开始，是菩提的尖牙。

第六辑

生活的回香

我们所经历过的美好事物，其实都被卷存典藏着，一旦打开了，就从记忆中遥不可知的角落飘回来。

青山白发

在北鸢公路上，刚进入山路的时候，发现道路两旁左边蹿出来一丛丛苇芒，右边也蹿出了一丛丛苇芒，然后车子转进了迂回的山路，芒花竟像一种秋天的情绪，感染了整片山丘，有几座乔木稀少的小丘，蒙上一片白。冬天的寒风从谷口吹来，苇上白色的芒花随着飘摇了起来。

我忍不住下车，站在那整山的白芒花前。青色山脉是山的背景，那时的苇芒像是水墨画的留白，这留白的空间虽未多作着墨，却充满了联想，仿佛它给山的天地多留了空间，我们可以顺着芒花的步迹往更远的天地走去。我站在苇芒花的中间，虽不能见到山的背面，也看不到那弯折的路之尽头，但我知道，顺着这飘动的白色寻去，山的背面是苇芒，路的尽头也是苇芒。

北鸢公路是我常旅行的一条路，就在两星期前我曾路过这里，那时

218

苇芒还只是山中的野草，芜杂地蔓生两旁，我们完全不能知觉它的美。仅仅两星期的时间，蔓生的野草吐出了心头的白，染满了山坡，顺势下望，可以看到一条大汉溪的两旁，那些没有耕种的田地，已经完全被白色占据了。好像这些白色的芒花不是慢慢开起，而是在一夜之间怒放。

在乡间，苇芒是最低贱的植物，也因此它的生命力特别强悍，一到秋天，它就成为山野中最美的景色了。有一年我在花盆里随意栽植一株苇芒，本来静静躺在花园一角，到秋末时它突然抽拔开花，使那些黄的红的花全成了烘衬它的背景。那时令我们感觉，苇芒代表了自然的时序，它一生的精华就在秋天。有一次我路过村落去探望郊区的朋友，在路旁拔了几株苇芒的长花送给朋友，他收到苇芒花时不禁感叹："竟然已是秋天了！"——苇芒给人秋天的感受，这时胜过了春天的玫瑰。

站在满山的芒花里，我想起一位特立独行的和尚云门文偃。云门是禅宗里追求心灵自由的代表，有一次一位和尚问他："什么是佛法的大意？"

"春来草自青！"他说。

又有和尚问他："什么是成佛的方法？"

"东山水上行！"他说。

在云门的眼中，佛法的大意与成佛的方法，其实就是一种自然，一种万物变化与成长的基本道理；透过这种自然的过程，我们既可以说佛法大意是"春来草自青"，当然也可以说是"秋来苇自白"，它是自然心，也是平常心。

云门和尚的祖师爷德山宣鉴，自以为天下学问唯我知焉，他从四川直向湖南走去，要向南方的禅师们挑战，好不容易到了澧阳崇信大师弘法的道场龙潭，一到龙潭不免心浮气傲地大叫："久闻龙潭大名，没想到潭也没有、龙也没有！"但看龙潭风景优美就住了下来。

有一天月黑风高，德山坐在寺前沉思佛法精义，忽然从黑暗中走出人影，正是崇信大师，对他说："夜深了，何不回到温暖的房里休息？"德山说："这回去的路太黑了！"崇信爱怜地说："我去给你点一盏灯，一盏光明之灯。"

不一会儿，崇信从寺中点来一盏灯，虽是一盏小灯，也足以照亮了通往龙潭寺的小路，他交给德山说："拿去吧！这是光明的灯。"德山正伸手要接，崇信突然一口气吹熄了灯，一言不发，这时德山羞愧交加，猛然悟道，长跪不起。

德山所悟的道也正是心灵之灯，是自然的生发，而不是外力的点燃，这种力量原不限于灯，也就像秋天里满山的芒花，它不必言语，就让人体会了天地，全是在时间的推演下自然生变——青山犹有白发的时候，何况是人呢？

《金刚经》里说："过去心不可得，现在心不可得，未来心不可得。"为什么不可得呢？因为面对自然的浩浩渺渺，人的心念实在是无比细小，而且时刻变化，让我们无法知解人生与自然的本意。这本意正是"春来草自青，秋来苇自白"，是一种宇宙时空的推演。

我读过一本《醉古堂剑扫》，中有这样几句："今世昏昏逐逐，无一日不醉，无一人不醉。趋名者醉于朝，趋利者醉于野，豪者醉于声色车马，而天下竟为昏迷不醒之天下矣。安得一服清凉，人人解醒。"乃是人不能取寓自然，所以不能得人间的清凉。虽说不少智慧之士想要突破这种自然演变的藩篱，像明朝才子于孔兼在《菜根谭题词》里说："天劳我以形，吾逸吾心以补之；天通我以遇，吾高吾道以厄之。"想要找到一条补天通天的道路，可是，我们的心再飘逸，我们的道再高远，恐怕都无法让苇芒在春日里开花吧！

人面对自然、宇宙、时空的无奈实在是无可如何的事，豪放如李白在《把酒问月》诗中曾有淋漓的一段描写："今人不见古时月，今月曾经照古人。古人今人若流水，共看明月皆如此。唯愿当歌对酒时，月光长照金樽里。"真真写出了淡淡的感慨。人能与月同行，而月却曾古今辉映，人在月中仅是流水一般情境。同样地，人能在苇草白头之时感慨不已，可是年年苇草白头，人事已非！

少年时代读《孔雀东南飞》，有几句至今仍不能忘："君当作磐石，妾当作蒲苇，蒲苇韧如丝，磐石无转移。"这是刘兰芝对丈夫表示永生不渝的誓词，竟把蒲苇比作永远的磐石，令人记忆鲜明，最后仍不免徘徊庭树之下，自挂东南枝，殉情以殁；刘兰芝魂灵已远，不能知道她心中的苇草，可在南方的山头开放。

想到苇草种种，突然浮起苏东坡的名句"青山一发是中原"，那青山远望只是一发，而在秋天的青山里，那情牵动心的一发却已在无意中白了发梢，就是中原，此刻也是白发满山了吧！

我离开那座开满芒花的丘陵时，驱车往乡间走去，脑中全是在风中飘摇的芒花，竟使我微微地颤抖起来，有一种越过山头的冲动，虽然心里明明知道山头可攀，而青山白发影像烙在心头却是遥遥难越了。

失恋之必要

这些年来，我时常思考到爱与恨的问题，因此收到你的来信感到特别心惊，你说到连续谈了三场恋爱，被三个不同的男人抛弃，感受到每一次谈恋爱的感觉愈来愈淡薄，每一次被抛弃则愈来愈恨。

第一次失恋，你的感受是：真恨！真想报复他！

第二次，你更进一步谈道：我一定要想办法报复！

第三次的时候，你的心喷出这样的火焰：我要杀死他！

读了你的信，使我在暗夜的庭院中再三徘徊，抬头看着远天的星星，月光如洗。呀！这世界原是这样的美好，为什么人的心中要充满恨意呢？由于怀恨，我们的心眼昏眠，就看不见世间一切的好，自然也看不到自己在这里面的角色了。

我们时常谈到爱恨，但很少人去深思爱恨的问题，我现在用佛经的观点来看看爱恨，在南传的《法句经》里，把爱分成四个转变，也就是四个层次：

一、亲爱——对他人的友情。

二、欲乐——对某一特定对象的爱情。

三、爱欲——建立于性关系的情爱。

四、渴爱——因过分执着以至于痴病的爱情。

这四个层次逐渐加深，也就逐渐产生了苦恼，因此经上说了一首偈：

从爱生忧患，从爱生怖畏；

离爱无忧患，何夫有怖畏？

苦恼生出恐惧，恐惧生出悲哀，悲哀再转为嗔恨，其实如果往前追溯，爱与恨是同一根源，好像手心与手背一样，所以佛陀说："爱可生爱，亦可生憎；憎能生憎，亦能生爱。"

什么是恨呢？经典里把忿、恨连在一起，说他们是五种障道的力量，也是十种小随烦恼的两种：忿、恨之意，对有情、非情产生愤怒之心。恨，于忿所缘之事，数数寻思，结怨不舍。五种障道之力是欺、怠、嗔、惊、怨，欺能障信，怠能障进，嗔能障念，恨能障定，怨能障慧。

那么，像忿、恨、恼、嫉、害则是以嗔为体，嗔与贪、痴合称为"三毒"，贪与痴加起来产生嗔，所以嗔是心的最大障碍，在《大智度论》里说："嗔恚其咎最深，三毒之中，无重此者；九十八使中，此为最坚；诸心病中，第一难治。"

好了，现在我们知道爱欲与嗔恨的本质最相通的，我们可以来思考一些有趣的问题，一是爱虽然会转为恨，却不一定会转为恨，也可以说，失恋会使一些人意志消沉、愤恨难平，却也能使另外一些人更懂得去爱，开发更广大的胸怀。不幸的是，你是属于前者。二是爱恨虽能束缚我们，它只是心的感受，犹如波浪之于大海，其中并没有实体，是缘起缘灭罢了，可叹的是，大部分人不能随缘，反而缘起即住，爱的时候陷溺在爱里，恨的时候沉沦于恨中。

一般人在爱恨的时候很少有检验的精神，很少反观这情绪的变化，因此就难以革新与创发。久而久之，爱恨遂成为一种模式。

"由爱生恨"是最固定的模式，我们从小就被教育了这种模式，我们在电视、小说、电影里学习到这种模式，在亲戚朋友身上感染这种模式，反映到真实生活里，我们在爱情失败时，随之而起的便是恨，没有一个例外，我把这种叫作"模式反应"，那有点像蚊子从我们眼前飞过，它不一定会伤害我们，但我们会下意识地举手去扑杀它一样。

如果不是"模式反应"，为什么千百万人失去爱的时候都反射出恨呢？那是不是人性的真实呢？我有一个朋友说过，欧洲人与美国人失恋，所带来的恨意就比中国人或日本人淡薄得多，大部分西方人在失恋中、离婚之后都能与从前的伴侣做朋友，那是他们的模式反应和我们的不一样。

为什么我要和大部分人一样，失恋就憎恨呢？可不可以做一个卓然的人，失恋也不恨呢？

失恋的恨，那是由于两个原因：一是认为失恋是坏事，二是我们沉沦于过去的觉受。

我曾经在笔记上写了两句话："为了爱，失恋是必要的；为了光明，黑暗是必要的。"

那就好像，如果我们不饥饿，就无法真正享受食物；如果我们不生病，就不知道健康的可贵；如果我们不年老，青春对我们就没有意义；如果我们要种莲花，没有烂泥巴是不行的……

失恋不是坏事，春天过了就是夏天，秋天过了就是冬天，这是必然的过程，我们热爱春秋，但并不能阻挡火热与寒冷的来临，我们热爱莲花、玫瑰、金盏花、紫丁香，但我们不能使它不凋零。

我们不喜欢凋零，然而，调零是一种必然。

过去不能让它过去，不愿等待未来是人生最大的悲剧，其实，再怎么好的恋爱，每天都是不同的，我们甚至无法维持对一个人的爱从早上到晚上都保有同一品质。也就是说，再好的爱都会失去，会成为过去时。

我们之所以为失恋烦恼，是因为我们不愿面对此刻、融入此刻，老是沉湎于过去。可叹的是沉湎于过去的人会失去生的乐趣、失去发现的乐趣、失去创造的可能、失去爱的能力。如果我们愿意走出来，就会发现就在此刻、就在门外，就有许多值得爱的人、许多值得爱的事物。

当然，不只是许多人值得爱，也有许多人等着爱我，只是我把自己关在过去的枷锁里，他们没有机会来爱我吧！我要得到更好、更珍贵、更真实的爱，首先是使我的心得到自由。

看你满腹烦恼、满脸愤恨、满脑子报复之思，就是有这世界上最好的对象，也会被你错过了呀！

让我们一起来做一些创造性的工作，每天清晨起来时，把昨天的爱恨全部放下，从零出发，对着镜子好好展现一个最美的笑吧！然后梳妆打扫（从里的庄严开始），把自己最好的、最有魅力的那一面提起来，挺胸抬头走出门外，那才是今天的你、此刻的你，既然你认为自己是善良而美丽的，为什么不把善良和美丽表现出来呢？

如果是我，使我动心的异性，是那些有生机、有活力，能微笑走在风里的人，而不是怀忧丧志、满腹愤恨的人哪！

我说的这些都不是空话，而是我自己的体验，是我的开发与创造，说来你也许难以相信，我很感激那些从前抛弃过我的人，如果没有她们，就不会造就今天的我呀！

　　那些没有经过监狱的悲惨的人，不会懂得外面的世界是多么值得欢喜与感恩，你现在知道心灵监狱的悲惨，一旦你走了出来，就可以知道生命的确是值得欢舞和庆祝的。

　　不要哭了，不要恨了，当你停止哭泣与怀恨的那一刻，我在你的脸上看到春天的光辉，那时，你是多么美，像一朵金盏花在清晨的阳光下温柔地开放。

　　虽然我没有见过你，但我真的看见了你转化恨意之后，脸上流转的光辉。

去做人间雨

有一天晚上，马祖道一禅师带着百丈怀海、西堂智藏、南泉普愿三个得意弟子去赏月，马祖说："这样美的月色，做什么最好？"

西堂智藏说："正好供养。"

百丈怀海说："最好修行。"

南泉普愿一句话也没说，拂袖便去。

马祖说："经入藏，禅归海，唯有普愿独超然于物外。"

（智藏对经典可以深入，怀海会在禅法成就，只有普愿独自超然于物外）。

我很喜欢这个禅宗的故事，在美丽的月色下，供养而使心性谦和，修行提升心灵清净都是非常好的，可是好好地赏月，不发一语，则使人超然于物象之外，心性自然谦和，心灵也在无心中明净了。

因为天上固然有明月皎然，心里何尝没有月光的温柔呢，这是为什么寒山子说"吾心似秋月，碧潭清皎洁"的缘故，也是禅师以手指月，指的并不只是天上之月，也是心里的秋月，心思短促的人，看见的是指月的手指；心思朗然的人，越过了手指而看见天边的明月；心思无碍的人，则不仅见月见指，心里的光明也就遍照了。

僧肇大师曾写过一首动人的诗偈：

　　旋岚偃岳而常静，

　　江河竞注而不流；

　　野马飘鼓而不动，

　　日月历天而不周。

一个人的心如果能常静、不流、不动、不周，就可以观照到，虽然外在世界迁流不息，却有它不迁流的一面；一个人如果心中长有明月，就知道月亮虽然阴晴圆缺，其实月的本身是没有变化的。

在更高远心灵的道之追求，是要使我们能像天上的云一样自由无住，无心出岫，长空不碍，但是当化成一朵云的时候，是不是也会俯视人间的现实呢？

现实的人间会有一些污泥、一些考验、一些残缺、一些苦痛、一些不堪忍受的事物，此所以把现实人间称为"滚滚红尘"，滚滚有两层意思，一是像灰沙走石，遮掩了人的清明眼目；二是像柴火炽烈，燃烧着我们脆弱的生命。每一次我想到作家三毛的最后一部作品叫《滚滚红尘》，写完后投缳自尽，就思及红尘里的灰沙与柴火，真是不堪忍受的。

灰沙与柴火都还是小的，真实的"滚滚"有如汪洋中的波涛，人则渺茫像浪里的浮沫，道元禅师说："是鸳鸯呢，还是海鸥？我看不清楚，它们都在波浪间浮沉。"不管是美丽如鸳鸯，或善翔像海鸥，都不能飞出浮沉的波浪，人何能独独站立于波涛之外呢？

云，是很美、很好、很优雅、很超然的，但云在世间也不是独立的存在，它可能是人间的烟尘所凝结，它一遇到冷锋，也可能随即融为尘世的泪水。

因此，道的追求不是独存于世间之外，悟道者当然也不是非人，而是他体会了更高的心灵视界罢了，这更高的心灵，使他不能坐视悲苦的人间，也使他不离于有情。这是一种纯净的诗情，王维有一首《文杏馆》很能表达这种诗情：

> 文杏裁为梁，香茅结为宇。
>
> 不知栋里云，去作人间雨。

迈向诗心与道情的人，是以高洁的文杏做成梁柱，以芳香的茅草盖成屋宇，虽然居住于自然与美之中，心里却有问世的意念，想到在栋梁间飘忽的白云，不知道是不是也和自己一样，要去化作造福人间的雨呢？

要去化雨的白云，是体知了燥热的人间需要滋润与清凉的雨，要去问世的高士，虽住于杏树香草做成的房屋，已无名利之念，但想到滚滚红尘，心有不忍。

道心与诗心因此都不离开有情，不是不能离开，而是不愿离开，试想蓝天里如果没有云彩与晚霞，该是多么寂寞。

智者，只是清明；觉者，只是超越；大悲者，只是广大；并不是用皮肉另塑一个自我，而是以活生生的血肉做人的圆满、做心的清明、做环境里的灯火。

在《临济录》里讲到临济义玄禅师开悟以后，时常在寺院后面栽植松树，他的师父黄檗希运问他说："深山里已经有这么多树了，你为什么还要种树呢？"

临济说："一是为了寺院的景色；二是为后人做标榜。"

所以他的师兄睦州对师父说："临济将来经过锻炼，定能成一棵大树，与天下人作阴凉。"

不论多么大的树，都是来自一颗小小的种子，来自一尖细细的芽苗，长成大树的人不该忘记天下人都是大树的种子与芽苗，因此誓愿以阴凉的树荫，来使天下人得以安和的生活。

出世的修行，是多么令人向往啊！但是"微风吹幽松，近听声愈好"，如果没有化作人间雨的立志，那么就会像一朵云，飘向不可知的远方了。

晴窗一扇

登山界流传着一个故事，一个又美丽又哀愁的故事。

传说有一位青年登山家，有一次登山的时候，不小心跌落在冰河之中；数十年之后，他的妻子到那一带攀登，偶然在冰河里找到已经被封冻了几十年的丈夫。这位被埋在冰天雪地里的青年，还保持着他年轻时代的容颜，而他的妻子因为在尘世里，已经是两鬓飞霜年华老去了。

我第一次听到这个故事时，整个胸腔都震动起来，它是那么简短、那么有力地说出了人处在时间和空间之中确定是渺小的，有许多机缘巧遇正如同在数十年后相遇在冰河的夫妻。

许多年前，有一部电影叫《失去的地平线》，那里是没有时空的，人们过着无忧无虑的快乐生活。一天，一位青年在登山时迷路了，闯入了失去的地平线，并且在那里爱上一位美丽的少女。少女向往着人间的爱情，青年也急于要带少女回到自己的家乡，两人不顾大家的反对，越过了地平线的谷口，穿过冰雪封冻的大地，历尽千辛万苦才回到人间。不意在青年回头的那一刻，少女已经是满头银发，皱纹满布，风烛残年了。故事便在幽雅的音乐和纯白的雪地中揭开了哀伤的结局。

本来，生活在失去的地平线的这对恋侣，他们的爱情是真诚的，也都有创造将来的勇气，他们为什么不能有圆满的结局呢？问题发生在时空，一个处在流动的时空，一个处在不变的时空，在他们相遇的一刹那，时空拉远，就不免跌进了哀伤的迷雾中。

最近，台北在公演白先勇小说《游园惊梦》改编的舞台剧，我少年时代几次读《游园惊梦》，只认为它是一个普通的爱情故事，年岁稍长，重读这篇小说，竟品出浓浓的无可奈何。经过了数十年的改变，它不只是一个年华逝去的妇人对风华万种的少女时代的回忆，而是对时空流转之后人力所不能为的忧伤。时空在不可抗拒的地方流动，到最后竟使得"一朝春尽红颜老，花落人亡两不知"。

"时间"和"空间"这两道为人生织锦的梭子，它们的穿梭来去竟如此无情。

在希腊神话里，有一座不死不老的神仙们所居住的山，山口有一个大的关卡，把守这道关卡的就是"时间之神"，它把时间的流变挡在山外，使得那些神仙可以永葆青春，可以和山和太阳和月亮一样永恒不朽。

作为凡人的我们，没有神仙一样的运气，每天抬起头来，眼睁睁地看见墙上挂钟嘀嘀嗒嗒走动匆匆的脚步，即使坐在阳台上沉思，也可以看到日升、月落、风过、星沉，从远远的天外流过。有一天，我们偶遇到少年游伴，发现他略有几根白发，而我们的心情也微近中年了。有一天：我们突然发现院子里的紫丁香花开了，可是一趟旅行回来，花瓣却落了满地。有一天，我们看到家前的旧屋被拆了，可是过不了多久，却盖起一栋崭新的大楼。有一天……我们终于察觉，时间的流逝和空间的转移是如此的无情和霸道，完全没有商量的余地。

中国的民间童话里也时常描写这样的情景，有一个人在偶然的机缘下到了天上，或者游了龙宫，十几天以后他回到人间，发现人事全非，手足无措；因为"天上一日，世上一年"，他游玩了十数天，世上已过了十几年，十年的变化有多么大呢？它可以大到你回到故乡，却找不到自家的大门，认不得自己的亲人。贺知章的《回乡偶书》很能表达这种心情："少小离家老大回，乡音无改鬓毛衰。儿童相见不相识，笑问客从何处来？"数十年的离乡，甚至可以让主客易势呢？

佛家说的"色相是幻，人建无常"实在是参透了时空的真实，让我们看清一朵蓓蕾很快地盛开，而不久它又要凋落了。

《水浒传》的作者施耐庵在该书的自序里有短短的一段话："每怪人言，某甲于今若干岁。夫若干者，积而有之之谓。今其岁积在何许？可取而数之否？可见已往之吾，悉已变灭。不宁如是，吾书至此句，此句以前已疾变灭，是以可痛也。"（我常对于别人说"某甲现在若干岁"感到奇怪，若干，是积起来而可以保存的意思，而现在他的岁积存在什么地方呢？

可以拿出来数吗？可见以往的我已经完全改变消失，不仅是这样，我写到这一句，这一句以前的时间已经很快改变消失，这是最令人心痛的。）正是道出了一个大小说家对时空的哀痛。

古来中国的伟大小说，只要我们留心，它讲的几乎全有一个深刻的时空问题，《红楼梦》的花柳繁华温柔富贵，最后也走到时空的死角；《水浒传》的英雄豪杰重义轻生，最后下场凄凉；《三国演义》的大主题是"天下大势分久必合，合久必分"；《金瓶梅》是色与相的梦幻湮灭；《镜花缘》是水中之月，镜中之花；《聊斋志异》是神鬼怪力，全是虚空；《西厢记》是情感的失散流离；《老残游记》更明显地道出了："眼看他起高楼，眼看他楼塌了。"

我们的文学作品里几乎无一例外的，说出了人处在时空里的渺小，可惜没有人从这个角度深入探讨，否则一定会发现中国民间思想对时空的递变有很敏感的触觉。西方有一句谚语："你要永远快乐，只有向痛苦里去找。"正道出了时空和人生的矛盾，我们觉得快乐时，偏不能永远，留恋着不走的，永远是那令人厌烦的东西……这就是在人生边缘上不时捉弄我们的时间和空间。

柏拉图写过一首两行的短诗：

你看着星吗，我的星星？
我愿为天空，得以无数的眼看你。

人可以用多么美的句子、多么美的小说来写人生，可惜我们不能是天空，不能是那永恒的星星，只有看着消逝的星星感伤的份儿。

有许多人回忆过去的快乐，恨不能与旧人重逢，恨不能年华停伫，事实上，却是天涯远隔，是韶光飞逝，即使真有一天与故人相会，心情也像在冰雪封冻的极地，不免被时空的箭射中而哀伤不已吧！日本近代诗人和泉式部有一首有名的短诗：

　　心里还念着人，

　　见了泽上的萤火，

　　也疑是从自己身体出来的梦游的魂。

　　我喜欢这首诗的意境，尤其"萤火"一喻，我们怀念的人何尝不是夏夜的萤火忽明忽灭，或者在黑暗的空中一转就远去了，连自己梦游的魂也赶不上，真是对时空无情极深的感伤了。

　　说到时空无边无尽的无情，它到终极会把一切善恶、美丑、雅俗、正邪、优劣都洗涤干净，再有情的人也丝毫无力挽救。那么，我们是不是就因此而失望颓丧、优柔不前呢？是不是就坐等着时空的变化呢？

　　我觉得大可不必，人的生命虽然渺小短暂，但它像一扇晴窗，是由自己小的心眼里来照见大的世界。

　　一扇晴窗，在面对时空的流变时飞进来春花，就有春花；飘进来萤火，就有萤火；传进秋声，就来了秋声；侵进冬寒，就有冬寒。闯进来情爱就有情爱，刺进来忧伤就有忧伤，一任什么事物到了我们的晴窗，都能让我们更真切地体验生命的深味。

　　只是既然是晴窗，就要有进有出，曾拥有的幸福，在失去时窗还是晴的；曾被打击的重伤，也有能力平复；努力维持着窗的晶明，如此任时空的梭子如百鸟之翔在眼前乱飞，也能有一种自在的心情，不致心乱神迷。

有的人种花是为了图利，有的人种花是为了无聊，我们不要成为这样的人，要真爱花才去种花——只有用"爱"去换"时空"才不吃亏，也只有心如晴窗的人才有真正的爱，更只有爱花的人才能种出最美的花。

自　由　人

　　日本近代的禅学大师山田灵林（日本可与铃木大拙媲美的禅学泰斗，在理论与实践上都有成就，"自由人"的说法出自他所著的《禅学读本》），把世界上的人归为三种类型：第一型是纯朴未开，不受任何知识上的苦恼，像猪一样能和平生活的人，叫作"自然人"。

　　第二型是头脑明晰，知能发达，却反而受尽"知"的烦恼，导致神经过敏，始终无法与他人相处，过着并不愉快的生活的人，叫作"知识人"。

　　第三型是超越了"知"的苦恼和"情意"的苦恼，能任运无碍过活的人，叫作"自由人"。

　　为了说明这三种人的不同，他举了一个非常有趣的例子：

　　某家五人居室的前廊上，一双拖鞋没有排好且翻过来了，这家的下女虽好几次出入主人的房间，办好了主人的几件差遣，但她对翻过来的拖鞋一点也没有注意到。她正如在深山里纯朴未开的少女，她只把每次被吩咐的事在能力范围内办好了，其余的一概不管，所以她每天十分快乐，能吃就吃，能睡就睡，除了衣食住行，对人间的一切事物与知识都不管，没有任何心事。——这就是"自然人"的典型。

这家的少奶奶拿信件要进屋时，看见了翻过来的拖鞋，但因男主人吩咐要处理一件紧急事务，来不及翻那双拖鞋。一会儿她端红茶要进屋，又看见那双拖鞋，心想一边拿饮料一边翻拖鞋有碍卫生，还是没有改正它。要离开房间时，突然听到了孩子的啼哭而跑向婴儿室，这一次根本没有想到拖鞋的事。就这样，她一整天都挂虑那双拖鞋，导致在房间、在厨房、在婴儿室时都不能平静，不能专心，而苦恼万分。少奶奶出身名门，读过大学，因此她想把学来的知识全部应用在现实生活上，却往往不能照自己的期望，反而带来日日夜夜的焦急不安，最后变得神经质，甚至连看到猫儿换个位置晒太阳，也会使她不安而烦恼。——这就是"知识人"的典型。

这家的老太太，有事找她的儿子，她看到翻过来的拖鞋，马上随手翻正，然后欣然不把这件事放在心上。老太太是很沉着的人，她善于发现事件的问题，而一发现问题，马上很轻易地处理好，如果是件不能处理的事，她马上把它忘掉，因此她的心境一直平静而稳定。——这就是"自由人"的典型。

山田灵林的譬喻很值得我们深入思索，拖鞋可以说是烦恼的一种象征，这一家的女佣可以说是从来不知烦恼为何物地生活着，就如同这世界上许多神经粗糙的人，不是他们非常快乐，而是他们既见不到烦恼，同时也不能知道精神的愉悦是什么，他们没有思考，没有反省，没有觉悟，没有方向与追求，只是像动物一样地过日子。

少奶奶虽然知识丰富，却反而为知识而苦，被种种知识扯来扯去，忽左忽右，像漩涡一样旋转，于是陷入一种紧张而焦躁的状态，生活充满无谓的苦恼。这说明了要追求心灵的和平与真正的宁静，知识是无能为力的，无论用任何知识，都不能凭着知识得到安身立命，因此以安身立命为目标的人，知识实在没有价值，有时反而带来烦恼。

但是我们不应反对知识，而是要把知识收集整理，利用生活经验来驾驭，到能无碍的时候，心地自然平直得像前面的老太太一样。不过如果要靠外在经验的累积，达到心性的自由，等他成为自由人时，已经消耗了大部分的生命。

佛教禅宗所追求的也是"自由人"的世界，所循的是内面的方法，就是靠宗教的精进来达到心性的自由，才能得到真正的安心与真正的立命。

但是，禅的"自由人"与老太太的"自由人"还是有差别的，老太太的自由是一种动作，是因外（如拖鞋）的对待而来，禅师的自由却是绝对的、自我的、没有对象的。

在佛教里，把凡夫的世界称为"相对界"，意即这个世界是用对立思考来想事情的处所。爱与恨、清与浊、男与女、美与丑、善与恶、春与冬、山与川、相聚与离别、生长与凋零，无一不是对立。因而，在我们这个世界上，不用对立就无法思考和判断事物了。由于这些对立，我们的世界才不断地变化与作用，不断尝受葛藤斗争之苦，我们就在对立的影子以及影子所形成的影子中生活。

禅的境界，乃至佛教一切法门的境界，都是在超越对立的境况，进入绝对的真实，这绝对的真实就是使自己的心性进入光明的、和谐的、圆融的、无分别的世界。由于超越对立，进入绝对，使修行的人可以无执、任运、无碍自在、本来无一物，甚至无所住而生其心。

这超越的绝对世界，并不表示自由人在外表上与凡人有何不同，他也有生死败坏，像我们看到罗汉的绘像与雕刻，通常不是那么完美的，他们也有丑怪的，也有痴肥的，也有扭曲的，但是他们却处在一种喜乐和谐的景况。最重要的是，他们仍有强旺的生命力，有着广大的关怀与同情，不因为心性的自由，而失去了对理想生命的追求。

日本盛冈市名须川町的报恩寺，有一个罗汉堂，罗汉堂里的五百罗汉刻于一七三一年左右。相传凡是想念过世亲属的信徒，只要顺着五百罗汉拜下去，一定会在其中找到一尊和亲人的长相一模一样的罗汉，因此数百年来，报恩寺的香火鼎盛。

这个故事告诉我们，罗汉的外貌也只是一个平常人罢了。

中国禅宗公案里，曾有一个极著名的公案，说从前有一个老太婆，她供养一位禅的修行者，盖了一个庵给他修行，并且供养三餐达二十年之久，时常派年轻美丽的少女为他送饭。二十年后有一天，她叫派去的少女送饭的时候坐在修行者的怀中，并且问他："正与么时如何？"（我坐在你腿上，你感觉怎么样？）修行者说："枯木倚寒岩，三冬无暖气。"少女回来后就把这两句诗告诉老太婆，老太婆很生气地说："我二十年只供养个俗汉！"于是把修行者赶走，并且放了一把火把庵也烧掉了。

这是个非常有趣的公案，到底老太婆为什么生气呢？那是因为修行者以为肉身成为枯木寒灰才是坐禅的极致，认为断尽一切身体反应的隐遁，才是真正的禅。其实，禅的正道不是这样的，禅的正道不是无心的枯木，而是有生命的，如如的。它不是停止一切的活动，而是在比人生更高层次的、纯粹的、本质的地方活动，有坐禅经验的人都应知道，禅不是死、不是枯、不是无，而是自在，也就是赵州禅师说的："能纵能夺，能杀能活。"是药山惟俨禅师说的："在思量个不可思量的。"

凡可以思量的，它不是自由；凡有断灭的，它不是自由；凡有所住的（即使住的是枯木寒岩），也本是自由！

有许多修行者要到深山古洞去才能轻安自在，一走入了人间，就心生散乱，这算什么自由呢？

那么，何处才是自由安居的道场呢？它不在没有人迹的山上，不在晨钟暮鼓的寺院，而是在心。心能自由，则无处不在，无处不安，那么坐在什么地方又有什么重要呢？

我们都是平凡的人，介于自然人和知识人的中间，想要像悟道者样进入绝对和谐的世界是极难的，也就是说我们难以成为真正自由的人。

但我们却可以提醒自己往自由的道路走，少一点贪念，就少一点物欲的缠缚，多一点淡泊的自由。少一点嗔心，就少一点怨恨的纠葛，多一点平静的自由。少一点愚痴，就少一点情爱与知解的牵扯，多一点清明的自由。限制迷障了我们自由的，是贪、嗔、痴三种毒剂，使我们超脱觉悟的则是戒、定、慧三帖解毒的药方。

完全自在无碍的心灵是每个人所渴望的，它的实践就是佛陀说的："放下！放下！"

放下什么呢？看到拖鞋翻了，把它摆正吧！摆正了的拖鞋，再也不要放在心上，如是而已。

迷路的云

　　一群云朵自海面那头飞起，缓缓从他头上飘过。他凝神注视，看那些云飞往山的凹口。

　　他感觉着海上风的流向，判断那群云朵必会穿过凹口，飞向另一海面夕阳悬挂的位置。

　　于是，像平常一祥，他斜躺在维多利亚山的山腰，等待着云的流动，偶尔也侧过头，看努力升上山的铁轨缆车叽叽喳喳地向山顶上开去。每次如此坐看缆车，他总是感动着，这是一座多么美丽而有声息的山，沿着山势盖满色泽高雅的别墅。站在高处看，整个香港九龙海岸全入眼底，可以看到海浪翻滚而起的浪花。远远地，那浪花有点像记忆里海岸的蒲公英，随风一四散，就找不到踪迹。

记不得什么时候开始爱这样看云，下班以后，他常信步走到维多利亚山车站，买了票，孤单地坐在右侧窗口的最后一个位置，随车升高。缆车道上山势多变，不知道下一刻会有什么样的视野。有时视野平朗了，以为下一站可以看得更远，下一站却被一株大树挡住了；有时又遇到一座数十层高前大厦横挡视线。由于那样多变的趣味，他才觉得自己是幽邈的存在，并且感到自身存在的那种腾空的快感。

他很少坐到山顶，因为不习惯山顶上那座名叫"太平阁"的大楼里吵闹的人声，通常在山腰就下了车，找一处僻静的所在，能抬眼望山，能放眼看海，还能看云看天空，看他居住了二十年的海岛和小星星一样罗列在港九周边的小岛。

好天气的日子，可以远望到海边豪华的私人游艇靠岸，在港九渡轮的噗噗声中，仿佛能听到游艇上的人声与笑语。在近处，有时候英国富豪在宽大翠绿的庭院里大宴宾客，红粉与鬓影有如一谷蝴蝶在花园中飞舞，黑发的中国仆人端着鸡尾酒，穿黑色西服打黑色蝴蝶领结，忙碌穿梭找人送酒，在满谷有颜色的蝴蝶中，如黑夜的一只蛾，奔波地找着有灯的所在。

如果天阴，风吹得猛，他就抬头专注地看奔跑如海潮的云朵，一任思绪飞奔：云是夕阳与风的翅膀，云是闪着花蜜的白蛱蝶；云是秋天里白茶花的颜色，云是岁月里褪了颜色的衣袖；云是惆怅淡淡的影子，云是越走越遥远的橹声；云是……云有时候甚至是天空里写满的朵朵挽歌！

少年时候他就爱看云，那时候他家住在台湾新竹，冬天的风城，风速是很激烈的，云比别的地方来得飞快，仿佛赶着去赴远地的约会。放学的时候，他常捧着书坐在碧色的校园，看云看得痴了。那时他随父亲经过一长串逃难的岁月，惊魂甫定，连看云都会忧心起来，觉得年幼的自己是一朵平和的白云，由于强风的吹袭，竟自与别的云推挤求生，匆匆忙忙地跑着路，却又不知为何要那样奔跑。

更小的时候，他的家乡在杭州，但杭州几乎没有给他留下什么印象，只记得离开的前一天，母亲忙着为父亲缝着衣服的暗袋，以便装进一些金银细软，他坐在旁边，看母亲缝衣。本就沉默的母亲不知为何落了泪，他觉得无聊，就独自跑到院子中，呆呆看天空的云，记得那一日的云是黄黄的琥珀色，有些老，也有些冰凉。

是因为云的印象吧！他读完大学便急急想留学，他是家族留下的唯一男子，父亲本来不同意他远行，后来也同意了，那时留学好像是青年的必经之路。

出发前夕，父亲在灯下对他说："你出国也好，可以顺便打听你母亲的消息。"然后父子俩红着眼互相对望，一句话也说不出口。

他看到父亲高大微偻的背影转出房间，自己支着双颊，感觉到泪珠滚烫迸出，流到下巴的时候却是凉了，冷冷地，落在玻璃桌板上，四散流开。那一刻他才体会到父亲同意他留学的心情，原来还是惦记着留在杭州的母亲。父亲已不止一次忧伤地对他重复，离乡时曾向母亲允诺："我把那边安顿了就来接你。"他仿佛可以看见青年的父亲从船舱中含泪注视着家乡在窗口里越小越远，他想，倚在窗口看浪的父亲，目光定是一朵一朵撞碎的浪花。那离开母亲的心情，应是留学前夕与他面对时相同的情绪吧！

初到美国那几年，他确实想尽办法打听母亲的消息，但印象并不明晰的故乡如同迷蒙的大海，完全得不到一点回音。他的学校在美国北部，每年冬季冰雪封冻，由于等待母亲的音讯，他觉得天气格外冷冽。拿到学位那年夏天，在毕业典礼上看到各地赶来的同学家长，他突然想到在新竹的父亲和在杭州的母亲，在晴碧的天空下，同学为他拍照时，他脸颊落下泪来，不知道为什么就绝望了与母亲重逢的念头。

也就在那一年，父亲遽然去世，他千里奔丧，竟未能见到父亲的最后一面，只从父亲的遗物里找到了一帧母亲年轻时代的相片。那时的母亲长相秀美，绾梳着乌云光泽的发髻，穿一袭几乎及地的旗袍，有一种旧中国的美。他原想把那帧照片放进父亲的坟里，最后还是将它收进自己的行囊，作为对母亲的一种纪念。

他寻找母亲的念头因那帧相片又复活了。

美国经济不景气的那几年，他像一朵流浪的云一再被风追赶着换工作，并且经过了一次失败而苍凉的婚姻，母亲的黑白旧照便成为他生命里唯一的慰藉。他的美国妻子离开他时说："你从小没有母亲，根本不知道怎么和女人相处；你们这一代中国人，一直过着荒谬的生活，根本不知道怎样去过一个人最基本的生活。"这话常随着母亲的照片在黑夜的孤单里鞭笞着他。

他决定来香港，实在是一个偶然的选择，公司在香港正好有缺，加上他对寻找母亲还有着梦一样时向往，最重要的原因是：如果他也算是有故乡的人，在香港，两个故乡离他都很近了。

"文革"以后，通过朋友寻找，联络到他老家的亲戚，他才知道母亲早在五年前就去世了。朋友带出来的母亲遗物里，有一帧他从来未见过的父亲青年时代着黑色西装的照片。考究的西装、自信的笑容，与他后来记忆中的父亲有着相当遥远的距离。那帧照片里的父亲，和他像一个人的两个影子，是那般相似，父亲曾经有过那样飞扬的姿容，是他从未料到的。

他看着父亲青年时代有神采的照片，有如隔着迷蒙的毛玻璃，看着自己被翻版的脸。他不仅影印了父亲的形貌，也继承了父亲一生在岁月之舟里流浪的悲哀。那种悲哀，拍照时犹是青年的父亲所料不到的，也是他在中年以前还不能感受到的。

他决定到母亲的坟前祭拜。

火车越近杭州，他越是有一种逃开的冲动，因为他不知道在母亲的坟前，自己是不是承受得住。看着窗外飞去的影物，是那样陌生，灰色的人群也是影子一样，看不真切。下了杭州车站，月台上因随地叶痰而凝结成的斑痕使他几乎找不到落脚的地方。这就是日夜梦着的自己的故乡吗？他靠在月台的柱子上冷得发抖，而那时正是杭州燠热的夏天正午。

他终究没有找到母亲的坟墓，因为当时大多数人都是草草落葬，连个墓碑都没有，他只有跪在最可能埋葬母亲的坟地附近，再也按捺不住，仰天哭号起来，深深感觉到作为人的无所归依的寂寞与凄凉，想到妻子丢下他时说的话，这一代中国人，不但没有机会过一个人最基本的生活，甚至连墓碑上的一个名字都找不到。

他没有立即离开故乡，甚至还依照旅游指南去了西湖，去了岳王庙，去了灵隐寺、六和塔和雁荡山。那些在他记忆里不曾存在的地方，他却肯定在他儿时，父母亲曾牵手带他走过。

印象最深的是他到飞来峰看石刻，有一尊肥胖的笑得十分开心的弥勒佛,是刻于后周广顺年间的,佛像斜躺在巨大的石壁里,挺着肚皮笑了一千多年。那里有一副对联:"泉自冷时冷起,峰从飞处飞来。"传说"飞来峰"原是天竺灵鹫山的小岭,不知何时从印度飞来杭州。他面对笑着的弥勒佛,痛苦地想起了父母亲的后半生。一座山峰都可以飞来飞去,人间的漂泊就格外地渺小起来。在那尊佛像前,他独自坐了一个下午,直到看不见天上的白云、斜阳在峰背隐去,才起身下山,在山阶间重重地跌了一跤。那一跤这些年都在他的腰间隐隐作痛,每想到一家人的离散沉埋,腰痛就从那跌落的一处迅速窜满他的全身。

香港平和的生活并没有使他的伤痕在时间里平息,他有时含泪听九龙开往广州最后一班火车的声音,有时鼻酸地想起他成长起来的新竹,两个故乡,使他知道香港是个无根之地,和他的身世一样找不到落脚的地方。他每天在地下铁里看着拥挤着涌向出口奔走的行人,好像自己就埋在五百万的人潮中,流着流着流着,不知道要往何处去——那感觉还是看云,天空是潭,云是无向的舟,应风而动,有的朝左流动,有的向右奔跑,有的则在原来的地方画着圆弧。

即使坐在港九渡轮上,他也习惯站在船头,吹着海面上的冷风,因为在那平稳的渡轮上如果不保持清醒,也将成为一座不能确定的浮舟,明明港九是这么近的距离,但父亲携他离乡时不也是坐着轮船的吗?港九的人已习惯了从这个渡口到那个渡口,但他经过乱离,总隐隐有一种恐惧,怕那渡轮突然在一个不知名的地方靠岸。

"香港仔"也是他爱去的地方,那里疲惫生活着的人使他感受到无比真实,一长列重叠靠岸的白帆船,总不知要航往何处。有一回,他坐着海洋公园的空中缆车俯望海面远处的白帆船,白帆张扬如翅,竟使他有一种悲哀的幻觉，港九正像一艘靠在岸上可以乘坐五百万人的帆船，随时要启航，而航向未定。

　　海洋公园有几只表演的海豚是台湾澎湖来的，每次他坐在高高的看台上欣赏海豚表演，就回到他年轻时代在澎湖服役的情形。他驻防的海边，时常有大量的海豚游过，一直是渔民财富的来源。他第一次从营房休假外出到海边散步，就遇到海岸上一长列横躺的海豚，那时潮水刚退，海豚尚未死亡，背后颈脖上的气孔一张一闭，吞吐着生命最后的泡沫。他感到海豚无比美丽，它们有着光滑晶莹的皮肤，背部是蔚蓝色，像无风时的海洋；腹部几近纯白，如同海上浮起的浪花；有的怀了孕的海豚，腹部是晚霞一般含着粉红的琥珀色。

　　渔民告诉他，海豚是胆小聪明善良的动物，渔民用锣鼓在海上围打，追赶它们进入预置好的海湾，等到潮水退出海湾，它们便暴晒在滩上，等待着死亡。有那运气好的海豚，被外国海洋公园挑选去训练表演，大部分的海豚则在海边喘气，然后被宰割，贱价卖去市场。

　　他听完渔民的话，看着海边一百多条美丽的海豚，默默做着生命最后的呼吸，忍不住蹲在海滩上将脸埋进双手，感觉到自己的泪濡湿了绿色的军服，也落到海豚等待死亡的岸上。不只为海豚而哭，想到他正是海豚晚霞一般的腹里的生命，一生出来就已经注定了开始的命运。

　　这些年来，父母相继过世，妻子离他远去，他不止一次想到死亡，最后救他的不是别的，正是他当军官时蹲在海边看海豚的那一幕，让他觉得活着虽然艰难，到底是最珍惜的。他逐渐体会到母亲目送他们离乡前夕的心情，在中国人的心灵深处，别离地活着甚至胜过团聚着等待死亡的噩运。那些聪敏有着思想的海豚何尝不是这样希望自己的后代回到广阔的海洋呢？

他坐在海洋公园的看台上，每回都想起在海岸喘气的海豚，几乎看不见表演，几次不时海豚高高跃起时被众人的掌声惊醒，身上全是冷汗。看台上笑着的香港人所看的是那些外国公园挑剩的海豚，那些空运走了的则在小小的海水表演池里接受着求生的训练，逐渐忘记那些在海岸上喘息的同类，也逐渐失去它们曾经拥有的广大的海洋。

澎湖的云是他见过的最美的云，在高高的晴空上，云不像别的地方松散飘浮，每一朵都紧紧凝结，如握紧的拳头，而且它们几近纯白，没有一丝杂质。

香港的云也是美的，但美在松散零乱，没有一个重心，它们像海洋公园的海豚，因长期豢养而肥胖了。也许是海风的关系，香港的云朵飞行的方向也不确定，常常右边的云横着来，而左边的云却直着走了。

毕竟他还是躺在维多利亚山看云，刚才他所注视的那群云朵，正在通过山的凹处，一朵一朵有秩序地飞进去，不知道为什么跟在最后的一朵竟离开云群有些远了，等到所有的云都通过山凹，那一朵却完全偏开了航向，往岔路绕着山头，也许是黄昏海面起风的关系吧！那云越离越远，向不知名的所在奔去。

这是他看云极少有的现象，那最后的一朵云为何独独不肯顺着前云飞行的方向？它是在抗争什么的吧！或者它根本就仅仅是迷路的一朵云！顺风的云像写好的一首流浪的歌曲，而迷路的那朵就像滑得太高或落得太低的一个音符，把整首稳定优美的旋律，带进一种深深孤独的错误里。

夜色逐渐涌起，如茧一般包围着那朵云，慢慢地，慢慢地，将云的白吞噬了，直到完全看不见了。他忧郁地觉得自己正是那朵云，因为迷路，连最后的抗争都被淹没了。

坐铁轨缆车下山时，港九遥远辉煌的灯火已经亮起，在向他招手，由于车速，冷风从窗外掼着他的脸，他一抬头，看见一轮苍白的月亮，剪贴在墨黑的天空，在风里是那样不真实。回过头，在最后一排靠右的车窗玻璃，他看见自己冰凉的流泪的侧影。

来自心海的消息

几天前，我路过一座市场，看到一位老人蹲在街边，他的膝前摆了六条红薯，那红薯铺在面粉袋上，由于是紫红色的，令人感到特别的美。

老人用沙哑的声音说："这红薯又叫山药，在山顶掘的，炖排骨很补，煮汤也可清血。"

我小时候常吃红薯，就走过去和老人聊天，原来老人住在坪林的山上，每天到山林间去掘红薯，然后搭客运车到城市的市场叫卖。老人的红薯一斤卖四十元，我说："很贵呀！"

老人说："一点也不贵，现在红薯很少了，有时要到很深的山里才找得到。"

我想到从前在物质匮乏的时候，我们也常到山上去掘野生的红薯，以前在乡下，红薯是粗贱的食物，没想到现在竟是城市里的珍品了。

买了一个红薯，足足有五斤半重，老人笑着说："这红薯长到这样大要三四年时间呢！"老人哪里知道，我买红薯是在买一些已经失去的回忆。

提着红薯回家的路上，看到许多人排队在一个摊子前等候，好奇走上前去，才知道他们是排队在买"番薯糕"。

番薯糕是把番薯煮熟了，捣烂成泥、拌一些盐巴，捏成一团，放在锅子上煎成两面金黄，内部松软，是我童年常吃的食物，没想到在台北最热闹的市集，竟有人卖，还要排队购买。

我童年的时候非常贫困，几乎每天都要吃番薯，母亲怕我们吃腻，把普通的番薯变来变去，有几样番薯食品至今仍然令我印象深刻，一个就是"番薯糕"，看母亲把一块块热腾腾的、金黄色的番薯糕放在陶盘上端出来，至今仍使我怀念不已。

另一种是番薯饼，母亲把番薯弄成签，裹上面粉与鸡蛋调成的泥，放在油锅中炸，也是炸到通体金黄时捞上来。我们常在午后吃这道点心，孩子们围着大灶等候，一捞上来，边吃边吹气，还常烫了舌头，母亲总是笑骂："夭鬼！"

还有一种是在消夜时吃的，是把番薯切成丁，煮甜汤，有时放红豆，有时放凤梨，有时放点龙眼干，夏夜时，我们总在庭前晒谷场围着听大人说故事，每人手里一碗番薯汤。

那样的时代，想起来虽然心酸，却有一种难以言说的幸福。我父亲生前谈到那段时间的物质生活，常用一句话形容："一粒田螺煮九碗公汤！"

今天随人排队买一块十元的番薯糕，特别使我感念为了让我们喜欢吃番薯，母亲用了多少苦心。

卖番薯糕的人是一位年轻女子，说她来自宜兰乡下，先生在台北谋生，为了贴补家用，想出来做点小生意，不知道要卖什么，突然想起小时候常吃的番薯糕，在糕里多调了鸡蛋和奶油，就在市场里卖起来了。她每天只卖两小时，天天供不应求。

我想，来买番薯糕的人当然有好奇的，大部分则基于怀念，吃的时候，整个童年都会从乱烘烘的市场，寂静深刻地浮现出来吧！

"番薯糕"的隔壁是一位提着大水桶卖野姜花的老妇，她站的位置刚好，使野姜花的香正好与番薯糕的香交织成一张网，我则陷入那美好的网中，看到童年乡野中野姜花那纯净的秋天！

这使我想起不久前，朋友请我到福华饭店去吃台菜，饭后叫了两个甜点，一个是芋仔饼，一个是炸香蕉，都是我童年常吃的食物；当年吃这些东西是由于芋头或香蕉生产过剩，根本卖不出去，母亲想法子让我们多消耗一些，免得暴殄天物。

没想到这两样食物现在成为五星级大饭店里的招牌甜点，价钱还颇不便宜，吃炸香蕉的人大概不会想到，一盘炸香蕉的价钱在乡下可以买到半车香蕉吧！

时代真是变了，时代的改变，使我们检证出许多事物的珍贵或卑贱、美好或丑陋，只是心的感觉而已，它并没有一个固定的面目，心如果不流转，事物的流转并不会使我们失去生命价值的思考；而心如果浮动，时代一变，价值观就变了。

克勤圆悟禅师去拜见真觉禅师时，真觉禅师正在生大病，膀子上生疮，疮烂了，血水一真流下来，圆悟去见他，他指着膀上流下的脓血说："此曹溪一滴法乳。"

圆悟大疑，因为在他的心中认定，得道的人应该是平安无事、欢喜自在，为什么这个师父不但没有平安，反而指说脓血是祖师的法乳呢？

于是说："师父，佛法是这样的吗？"真觉一句话也不说，圆悟只好离开。

后来，圆悟参访了许多当代的大修行者，虽然每个师父都说他是大根利器，他自己知道并没有开悟。最后拜在五祖法演的门下，把平生所学的都拿出来请教五祖，五祖都不给他印可。他愤愤不平，背弃了五祖。

他要走的时候，五祖对他说："待你着一顿热病打时，方思量我在！"

满怀不平的圆悟到了金山，染上伤寒大病，把生平所学的东西全拿出来抵抗病痛，没有一样有用的，因此在病榻上感慨发誓："我的病如果稍微好了，一定立刻回到五祖门下！"这时的圆悟才算真实知道为什么真觉禅师把脓血说成是法乳了。

圆悟后来在五祖座下，有一次听到一位居士来向师父问道，五祖对他说："唐人有两句小艳诗与道相近：频呼小玉原无事，只要檀郎认得声。"居士有悟，五祖便说："这里面还要仔细参。"

圆悟后来问师父说："那居士就这样悟了吗？"

五祖说："他只是认得声而已！"

圆悟说："既然说只要檀郎认得声，他已经认得声了，为什么还不是呢？"

五祖大声地说："如何是祖师西来意？庭前柏树子！去！"

圆悟心中有所省悟，突然走出，看见一只鸡飞上栏杆，鼓翅而鸣，他自问道："这岂不是声吗？"

于是大悟，写了一首偈：

金鸭香销锦绣帏，笙歌丛里醉扶归；

少年一段风流事，只许佳人独自知。

我很喜欢这个故事，特别是真觉对圆悟说自己的脓血就是曹溪的法乳，还有后来"见鸡飞上栏杆，鼓翅而鸣"的悟道。那是告诉我们，真实的智慧是来自平常的生活，是心海的一种体现，如果能听闻到心海的消息，一切都是道，番薯糕，或者炸香蕉，在童年穷困的生活与五星级大饭店的台面上，都是值得深思的。

圆悟曾说过一段话，我每次读了，都感到自己是多么得庄严而雄浑，他说：

> 山头鼓浪，井底扬尘；
>
> 眼听似震雷霆，耳观如张锦绣。
>
> 三百六十骨节，一一现无边妙身；
>
> 八万四千毛端，头头彰宝王刹海。
>
> 不是神通妙用，亦非法尔如然；
>
> 苟能千眼顿开，直是十方坐断。

心海辽阔广大，来自心海的消息是没有五官，甚至是无形无相的，用眼睛来听，以耳朵观照，在每一个骨节、每一个毛孔中都有庄严的宝殿呀！

夜里，我把紫红色的红薯煮来吃，红薯煮熟的质感很像汤圆，又软又Q，想起很久很久以前在晒着谷子的庭院吃红薯汤，突然看见一只鸡飞上栏杆，鼓翅而鸣。

呀！这世界犹如少女呼叫情郎的声音那样温柔甜蜜，来自心海的消息看这现成的一切，无不显得那样的珍贵、纯净，而庄严！

图书在版编目（CIP）数据

心若从容，无所畏惧 / 林清玄著. — 北京 ：现代
出版社，2017.6
ISBN 978-7-5143-5917-6

Ⅰ．①心… Ⅱ．①林… Ⅲ．①散文集－中国－当代
Ⅳ．①I267

中国版本图书馆CIP数据核字（2017）第082632号

版权登记号 01-2017-3295
本著作物经北京阅享国际文化传媒有限公司代理，由九歌出版社有限
公司授权，在中国大陆出版、发行中文简体字版本。

心若从容，无所畏惧

作　　者	林清玄	
责任编辑	魏　巍	
出版发行	现代出版社	
通讯地址	北京市安定门外安华里504号	
邮政编码	100011	
电　　话	010-64267325　64245264（传真）	
网　　址	www.1980xd.com	
电子邮箱	xiandai@vip.sina.com	
印　　刷	三河市国新印装有限公司	
开　　本	710mm×1000mm 1/16	
印　　张	17	
版　　次	2017年7月第1版　2017年9月第2次印刷	
书　　号	ISBN 978-7-5143-5917-6	
定　　价	39.80元	